林徽因主编

民国小说选

林徽因等 著

当代世界出版社

图书在版编目（CIP）数据

林徽因主编民国小说选 / 林徽因等著 . —北京：当代世界出版社，2014.10

ISBN 978-7-5090-0896-6

Ⅰ . ①林… Ⅱ . ①林… Ⅲ . ①小说集－中国－民国 Ⅳ . ① I246

中国版本图书馆 CIP 数据核字 (2014) 第 197438 号

书　　名：林徽因主编民国小说选
出版发行：当代世界出版社
地　　址：北京市复兴路 4 号（100860）
网　　址：http://www.worldpress.com.cn
编务电话：（010）83908456
发行电话：（010）83908409
　　　　　（010）83908377
　　　　　（010）83908455
　　　　　（010）83908423（邮购）
　　　　　（010）83908410（传真）
经　　销：全国新华书店
印　　刷：北京市玖仁伟业印刷有限公司
开　　本：880 毫米 ×1230 毫米　1/32
印　　张：8
字　　数：152 千字
版　　次：2014 年 11 月第 1 版
印　　次：2014 年 11 月第 1 次
书　　号：978-7-5090-0896-6
定　　价：35.00 元

出版总序

民国时期是中国从近代社会向现代社会转型蜕变的一个重要历史阶段。这个时期，政治风云变幻，思想文化激荡，内忧外患迭起。国家政治、经济、文化等均发生了翻天覆地的变化。新与旧、中与西、自由与专制、激进与保守、发展与停滞、侵略与反侵略，各种社会潮流在此期间汇聚碰撞，形成了变化万千的特殊历史景观。民国时期所出版的文献则是这一历史时期的全景式纪录，全面展现了民国时期波澜壮阔的历史画卷；精彩呈现了风云变幻的历史格局；生动描绘了西学东进，学术思想百家争鸣的繁荣局面；真实叙述了中华民族抵御外族入侵，走向民族独立的斗争历程。因此，民国文献具有极其珍贵的历史文物性、学术资料性及艺术代表性。

民国时期是我国近代出版业萌芽和飞速发展的一个时期，规模层次各不相同的出版机构栉次鳞比，难以胜数。既有譬如商务印书馆、中华书局、开明书店、世界书局、大东书局等这样著名的出版机构，亦有在出版史上昙花一现，出版物硕果仅存的小书局。对于民国时期出版物的总量，目前还没有非常精确的统计。国家图书馆在20世纪90年代，联合上海图书馆、重庆图书馆，以三馆馆藏为基础整理出版了《民国时期总书目》，收录中文图书124040种。据有关学者调查统计，这一数量大约为民国时期图书总出版量的九成左右。如果从学科内容区分，人文社会科学方面的出版物在数量上占绝对优势。

国家图书馆是国内外重要的民国文献收藏机构，馆藏宏富，并且作为国内图书馆界的领头羊，一向重视民国文献的保存保护。由于民国文献因其所用纸张极易酸化、老化等客观原因，绝大多数已存在不同程度的损毁，难堪翻阅。为保存保护民国文献，不使我们传承出现文献上的断层，也为更多读者能够从不同角度阅读利用到民国文献，2011年，国家图书馆联合国内文献收藏单位，策划了“民国时期文献保护计划”项目。随着项目的展开，在文献普查、海外文献征集、整理出版等各方面工作逐步取得了重要成果。

典藏阅览部作为国家图书馆内肩负民国文献典藏管理职责的部门，近年来在多个层面加大了对于民国文献的保存保护力度，组建了专门的团队，对民国文献进行保护性的整理开发，先后出版了《民国时期连环图画总目》《国家图书馆藏民国时期毛边书举要》《民国时期著名图书馆馆刊荟萃》等。

然而，民国时期出版物种类繁多、内容丰富，即就国家图书馆馆藏而言，从早期的中译本《共产党宣言》到我国的第一本毛边本《域外小说集》；从大批的政府公报到名家译作，涵盖之广，其所具备的艺术价值、史料价值，亦足令人惊叹。相较之下，我们的整理工作方才起步。为不使这些闪烁着大家智识之光的思想结晶空自蒙尘，为使更广大的读者能够从中汲取养料，我们将陆续择其精者，将其重新排印出版，希望读者能够喜欢。

国家图书馆

2014 年 9 月

出版说明

1936年，《大公报》创刊10周年之际，萧乾推荐林徽因主编《大公报·文艺副刊》上发表的小说选集。林徽因接受了这份工作，很快编出《大公报文艺丛刊小说选》，选入小说30篇。小说囊括了当时比较著名的作家作品，如沈从文、巴金、萧乾等。

本书选取了部分篇目，很多文章和作者都是这个时代不曾被人关注过的，但在那个年代，他们的作品曾风靡一时，受到民国文学青年的喜欢。此外，本书在附录部分，还选取了林徽因创作的其他小说作品。

《小说选》题记

林徽因

《大公报·文艺副刊》出了一年多，现在要将这第一年中属于创造的短篇小说提出来，选出若干篇，印成单行本供给读者更方便的阅览。这个工作的确该使认真的作者和读者两方面全都高兴。

这里篇数并不多，人数也不多，但是聚在一个小小的选集里也还结实饱满，拿到手里可以使人充满喜悦的希望。

我们不怕读者读过了以后，这燃起的希望或者又会黯下变成失望。因为这失望竟许是不可免的，如果读者对创造界诚恳地抱着很大的理想，心里早就叠着不平常的企望。但只要是读者诚实的反应，我们都不害怕。因为这里是一堆作者老实的成绩，合起来代表一年中创造界一部分的试验，无论拿什么标准来衡量它，断定它的成功或失败，谁也没有一句话说的。

现在姑且以编选人对这多篇作品所得的感想来说，供读者浏览评阅这本选集时一种参考，简单的就是底下的一点意见。

如果我们取鸟瞰的形势来观察这个小小的局面，至少有一个最显著的现象展在我们眼下。在这些作品中，在题材的选择上似乎有个很偏的倾向：那就是趋向农村或少受教育分子或劳力者的生活描写。这倾向并不偶然，说好一点，是我们这个时代对于他们——农人与劳力者——有浓重的同情和关心；说坏一点，是一种盲从趋时的现象。但最公平地说，还是上面的两个原因都有一点关系。描写劳工社会、乡村色彩已成一种风气，且在文艺界也已有一点成绩。初起的作家，或个性不强烈的作家，就容易不自觉地，因袭这种已有眉目的格调下笔。尤其是在我们这时代，青年作家都很难过自己在物质上享用，优越于一般少受教育的民众，便很自然的要认识乡村的穷苦，对偏僻的内地产生兴趣，反倒撇开自己所熟识的生活不写。拿单篇来讲，许多都写得好，还有些特别写得精彩的。但以创造界全盘试验来看，这种偏向表示贫弱，缺乏创造力量。并且为良心的动机而写作，那作品的艺术成分便会发生疑问。我们希望选集在这一点上可以显露出这种创造力的缺乏，或艺术性的不真纯，刺激作家们自己更有个性，更热诚地来刻画这多面错综复杂的人生，不拘泥于任何一个角度。

除却上面对题材的偏向以外，创造文艺的认真却是毫无疑问的。前一时代在流畅文字的烟幕下，刻薄地以讽刺个人博取流行幽默的小说，现已无形地摈出努力创造者的门外，衰灭下去几至绝迹。这个情形实在也是值得我们作者和读者额手相庆的好现象。

在描写上，我们感到大多数所取的方式是写一段故事，或以一两人物为中心，或以某地方一桩事发生的始末为主干，单纯地发展与结束。这也是比较薄弱的手法。这个我们疑惑或是许多作者误会了短篇的限制，把它的可能性看得过窄的缘故。生活大胆的断面，这里少有人尝试，剖示贴己生活的矛盾也无多少人认真地来做。这也是我们中间一种遗憾。

至于关于这里短篇技巧的水准、平均的程度，编选人却要不避嫌疑地提出请读者注意。无疑的，在结构上、在描写上、在叙事与对话的分配上，多数作者已有很成熟自然的运用。生涩幼稚和冗长散漫的作品，在新文艺早期中毫无愧色地散见于各种印刷物中，现在已完全敛迹。通篇的连贯，文字的经济，着重点的安排，颜色图画的鲜明，已成为极寻常的标准。在各篇中我们相信读者一定还不会不觉察到那些好处的，为着那些地方就给了编选人以不少愉快和希望。

最后如果不算离题太远，我们还要具体地讲一点我们对于作者与作品的见解。作品最主要处是诚实。诚实的重要还在题材的新鲜、结构的完整、文字的流丽之上。即是作品需诚实于作者客观所明了，主观所体验的生活。小说的情景即使整个是虚构的，内容的情感却全得借力于迫真的、体验过的情感，毫不能用空洞虚假来支持着伤感的“情节”！所谓诚实并不是作者必需实际的经过在作品中所提到的生活，而是凡在作品中所提到的生活，的确都是作者在理智上所极明了，在感情上极能体验得出的情景或人性。许多人因是自疚生活方式不新鲜，而故意地选择了一些特殊浪漫而自己并不熟识的生活来做题材，然后敲诈自己有限的幻想力去铺张出自己所没有的情感，来骗取读者的同情。这种创造既浪费文字来夸张虚伪的情景和伤感，那些认真的读者要从文艺里充实生活认识人生的，自然要感到十分的不耐烦和失望的。

生活的丰富不在生存方式种类的多与少，如做过学徒，又拉过洋车，去过甘肃又走过云南，却在客观的观察力与主观的感觉力同时的锐利敏捷，能多面地明了及尝味所见，所听所遇种种不同的情景；还得理会到人在生活上互相的关系与牵连；固定的与偶然的中间所起戏剧式的变化；最后更得有自己特殊的看法及思想，信仰或哲学。

一个生活丰富者不在客观地见过若干事物，而在能主观地能激发很复杂、很不同的情感，和能够同情于人性的许多方面的人。

所以一个作者，在运用文字的技术学问外，必须是能立在任何生活上面，能在主观与客观之间，感觉和了解之间，理智上进退有余，情感上横溢奔放，记忆与幻想交错相辅，到了真即是假、假即是真的程度，他的笔下才现着活力真诚。

他的作品才会充实伟大，不受题材或文字的影响，而能持久普遍的动人。

这些道理读者比作者当然还要明白点，所以作品的估价永远操在认真的读者手里，这也是这个选集不得不印书，献与它的公正的评判者的一个原因。

目录

一点回忆　宋翰迟……001
避　难　祖　文……007
报　复　李同愈……017
报　复　振　声……023
小还的悲哀　叔　文……037
疯　子　琴……047
享　福　前　羽……063
失　业　徐转蓬……069
模影零篇　林徽因……077
路　路　季　康……105
这年头　隽　闻……117
驿路上　李辉英……131
求　恕　程万孚……145
无　聊　凌叔华……155
黎　明　威　深……167

附　录 ······ 173
窘　林徽因 ······ 175
九十九度中　林徽因 ······ 197

国图典藏版本展示 ······ 221

一点回忆

宋翰迟

这是一个使人感觉舒服的早晨，阳光在人身上，古怪的温暖。

同样一个早晨，太阳的光照到各人身上也暖暖的，正有一支小小队伍在中国南部 × 省边境旷野里蠕动。狭小的山路，只能作单行前进，一连人挪成了很长的一条线，像一挂爆竹。一挂爆竹头上的一端触着火时，立刻就会爆炸起来，一直爆炸到最末的一颗；军队要是尖兵接触了敌人，全线也马上受了影响，在顷刻之间，每一个单位便各具有一种强大的破坏力。

这一支队伍的尖兵离开了队伍，向前搜索。一片泽沼，一个小山，一个接连一个，皆过去了。远远的落过木叶的树梢上冒出了青烟。队伍接近了村子，接近了树林。

尖兵之一发现了林子外面有人惊慌的样子，料定是敌人无疑。于是就喊：

“站住！”

乡下人碰到了大兵，副爷们在另一时的一切行为，还好好地保留在记忆中，温习起来，心里就有点发慌。小兽物样子，敏捷的，偷偷摸摸的正打主意想逃，听到有人叫“站住”，便更着了慌，伸开腿，拼命地向林子里蹿去，一会儿就消灭了。

“土匪！土匪！”

啵——

曲……出自土匪方面一声枪响了后，一切依然那么静寂。

尖兵选择了隐蔽处卧下了候着，并无什么动静。

“不行！”

“追上去！”

但一过前面，枪声又响了。

大曲队因枪声在对面小山后，村子里却静静的，路旁还有妇人正在晾晒青菜，便进了村子。村子里的人家皆大开着门，瘦瘪瘪妇人和一些肮脏孩子，皆堆在门前的石级上，很安静地玩着。忽然见兵队进了村里，许多双眼睛皆带着惊讶出神的样子，望着这些不常见的人，没有一个人知道应说什么话。

“你们的男家都往哪里去了？”

“他们都下了田，在田里做活！”

“怎么田里没有一个人！”

“不会的。老爷！”

“这里安静么！”

“没有什么事。土匪老早过去了！”

“为什么有人报告这里有土匪呢？”

“不晓得，要问我们当家的。”

一部分兵士从竹园跑去，即刻又退回来。

呼……呼……呼……

曲……一粒子弹从瓦背上飘过。“唔！唔！妈呀！……”妇人小孩嚷做一团，挤进门去，“啪”地把门合上了。

“来了！他妈的，撒谎！烧尽这些房子！”

“谁说没有，留点神，兄弟，他妈的都是一伙子！”

大家皆乱着，向村外跑去。

一个兵士跑来，这人脸上发青，喘着气，报告连长，说是前面发现了敌人，人数似乎很多，开了火，一排人因地势不熟，已经退下来了。

这时候，枪声在左前方密密地响，愈响愈近，连长很忙促地把腰边那枝连槽枪取出，把丝绦套在颈项上，带着队伍匆匆地出了村子上前方去了。

到了前面小山边，退下来的兵士卷起袖子，撑着枪，张开口，坐在地上。帽子挂在脑后，帽檐朝天，汗珠从额角淌下来，黑红色的脸上发光。看见连长援队到了，各人脸上皆现出喜欢神气。

排长报告着山前情形，众人且胡乱说着。

“妈的，他们会有这么多的枪，把我们赶了两个坡，真危险！”

“可不是，现在的土匪不比从前了。从前的土匪见了军队就逃，那里会像如今这样大胆地抵抗呢，不但抵抗，一个不留神还要被他们缴枪咧！”

连长见事多，为证明隔山那方面究竟是不是敌人，就令司号兵吹号发问，号兵走上一个堡子石墙，向着前方，号嘴刚触到嘴唇，曲……曲……这号兵把手中的放光短喇叭远远摔去，人从堡子高墙上滚下来了。

两方不久便开始了激战，枪声密密地响了一阵，子弹打在面前土地里，便坌起一堆土，打在树上，叶子一片片地乱飞。连长拿着战旗，偷偷地带了几个人，溜下山，抄到右前方，能够看见前面的人了，就把战旗放开，高高举起，先绕了一个圈子，然后向左右各摆两下；对面的人也竖起了旗子，半红半白的旗子在空中摆动。于是知道自家人了，枪声也停止了，听到的全是咒骂。

在一个小山边破庙前，两连人都集合了。问明了冲突的原因，原来彼此都是看到两个向导引起的误会。为耳边枪声所骇从高墙上摔下的号兵，懒懒地躺在一株树下，没有一个人受伤。兵士们连笑带骂地嚷着，表示着亲昵。两个青年连长互相也笑着，交换着纸烟，离开了队伍，过庙后一处商量什么去了。

太阳上升得极快，晒得人身上发热，黄色的原野同天空打成了一片。各人望到这无尽的原野，皆知道还应当前进，还应当尽头上的日头与脚下的土地，折磨一整天。

连长回来后，把向导叫过去，照地图询问图上所载村落的人数。向导说了一阵，又用树枝在地下画着。

一会儿，这队伍又上了路。

……

这队伍于一九二六年九月某日里的黄昏中，在一个山谷里，随同落日已完全消灭了。只一个记忆还留在一个活着兵士的印象中。让黄昏来时，我再说那另外一个黄昏的一切。

避 难

祖 文

四外乡村的男女都逃到矿局里来。大皮箱，小皮箱，大包袱，小包袱，也都随着向里边跑。商人，农人，不常迈出大门半步的年轻姑娘，装束奇特的女学生，……他们能和局里的员司或工友联上一点亲戚或是仅是一面之交的，没有一个不带着热望来投奔。房屋的狭小，天气的燥热，人多的拥挤，主人的招待不周，都是他们意料中的事。然而，即使是这样，他们也没有什么不满意、不特满意，而且还要感激主人的厚恩，这种情形真是以前所没有的。

几天来，人们竟像流水般地向局里流，像蚂蚁般地往来奔走、扰攘。先来的人找得过夜的地方，心里便觉得像酷热的天气里忽然落了一阵倾盆大雨，于是悠闲地在各处走着，直到看见一个神色仓皇的人时，才似乎感到一些不安；便问道："从哪里来的？兵多么？"那人所来的地方距他家越近，所引起的不安的程度也越高。

矿局似乎也知道近日的情形有点吃紧，就在门上和井架上高高地悬挂起英国旗来，旗在半空中经了风吹，便不停地摇摆起来——这更增加了人们的信仰。进来的人也越发多了。

施娄到矿局里避难，已经有了三天。除去他自己，还有他的太太和他的女儿。他们借住在一位朋友家里，这朋友家的房屋虽然不多，却还够住，自从施娄开其端，接踵而至的竟有三四家之多，于是坑上地下都挤满了人。主人深恐得罪了亲友，时时对客人说："在这样紧急的时候，真是没法；我知道大家饮食起居各方面都不舒适，但是我真没有办法！……一个不相识者来到这里，如果办得到，我们也要给他点东西吃，给他个睡觉的地方，何况诸位亲友呢？……我们绝没有讨厌的意思！绝没有讨厌的意思！……无论怎样，都请各位……"客人不待主人说完，都齐声说："没有的话！没有的话！"

施娄当然也是其中的一分子，他承认主人的话很诚实的，丝毫没有客气与虚伪；但他立刻又想起大家挤在一处过夜的情形，这个本分小乡绅，一点儿道德的观念使他便不大自在起来了。但是还有比这更难堪的事呢：日本军队的可怕，本国军队一点也不想打仗，只知道抢，抢，抢，讹索，杀戮。跑出来的总算侥幸，跑不脱的还不知有多少，被杀害的还不知有多少，跑出来而没有投奔的又还不知有多少呢。……在这离乱当儿扮演这些人事悲剧的角色他全无份，而是另外的一些人。说来他真有福！

但这个人究竟不能完全泰然坦然。三个又高又肥的棕色骡子，无缘无故地被兵牵去，这便使他损失了五六百块钱。想起骡子，他不高兴起来了，便低下头去，很想找出个所以然来，但终于没有。一切是命，他明白他命里注定有这件事，便不再思索了。

他是一个胖子，夏天的蒸郁常常使他出汗，晚上总是睡不着，汗滴像一个一个地从毛孔里钻出。他热得无可奈何，便用扇子用力地扇着。睡不着时他想到他个人。当大家谈着避难的时事，提及某某人不能入局里来，他必说："一个男子，没什么要紧，逃得脱，很容易！"但当他想起女儿来便有些发慌，他明白十八九岁的姑娘常常是副爷们抢夺的对象，胡闹的对象。他听人说过张家的姑娘怎样被兵玩弄，挣扎的结果还没有保持住伊的清白；李家姑娘怎样被兵轮奸，后来又因羞投了井；某家姑娘刚爬上墙头想逃，却被兵给拉到小脚拖下去……把这些事一一加在自己女儿身上，比较，思考，便得了一个结论："娘儿们遇兵灾，危险！"

在廊中摊地铺睡觉的共七个人，各人皆有扇子，皆依次入了"黑甜乡"，停止了扇拍，施娄却眼睛光光的，同猫头鹰一样。

当他打听得他的亲家母也逃到局里，已住在某司事的家里后，便不告知家里人，决意到那里去商量件事情。

他穿上一件绸子大褂，一条很肥的裤子，头上戴一顶巴拿马草帽，更戴上一副眼镜，手里拿一把扇子。这样，便颇有富翁的气概了。他蹒跚地沿了矿局的住宅边小路走着，逃进来的人依然很多，许多人皆把箱子行李搁在路旁边。他别有心事，没闲暇去看旁的东西。他一路上盘算着开头怎样对他亲家母说话。他想他必须从旁的闲话入手，以后再折入本题，唐突之弊当然就没有了。

那家的门旁栽着两三棵槐树，树荫下有好些人在搬移桌椅大瓮，显然这些东西是被逃难的人挤出到露天下来的。那人家门儿开着。他看看没狗，便一直走进去，一面喊："这里有一位董太太么？"

应声而出的是一个四十多岁的妇人，脸皮作暗褐色，眼珠呆滞，稀疏的头发上搽着很光亮的油。照这小城市看来，这装扮是爱好的方办得到的。妇人衣服虽不华丽，却极干净，出来时把手按在腹部，站在门边。

看了一看来人后，于是发问：

"找谁呀？"

"董太太！"施娄想不到亲家母是那么一个时派人，故只是那么答应着，一时却说不下去。

但妇人却已明白来人是找她的，就说：

"董太太是我，你贵姓？"

"哦，董太太！我姓施，我们是亲家！"

那妇人笑了。

"哦，亲家，我知道。请屋里坐！"

施娄被让到一间全是杂乱行李的屋里，屋里先就有一个老头儿，正在屋角隅对着镜子用铗子扯胡子，见客人进来了，害羞似的赶忙想藏躲，却被妇人指定着：

“这位是我们亲家！这是我叔叔！”

那老头子只好不再躲。

董太太介绍完毕，便让座。

老头儿看了施娄一眼，心中有个数儿，不说什么，却拿起一根旱烟管吸起来了。

施娄坐在椅子上，右腿搭住左腿，一手扇着扇子，一只手摸着眼镜，开始他那预备好了的一盘闲话。

“亲家母，几时逃出来的？没受损失么？我丢了三个大骡子！”他伸出三个手指，用力地点点头，扇子拿在手里，暂时忘记了扇，但不久工夫却又大扇起来。

“我们昨天逃出的……谁家不受损失呢？我们的东西多半没弄出来！……丢了三个大骡子！吓！”……伊说得很简单，态度也很镇静。那态度全不像逃难人的态度。

“真不成样子！中国兵就会挖战壕！好好的平地弄得乱七八糟！他们打的仗在哪里？就是个抢！……看见日本人，竟像老鼠见猫……”

说得似乎太激昂了一点，自己便兴奋了，用手挽挽袖子，两只多肉的手腕显露出来。他后来又说到骡子，有点气愤了。用扇子在桌上猛力击了一下。

老头儿吸了一袋烟，把烟灰在鞋底上敲下来。他合拢眼睛，不说一句话——他正在想念他那到前线去挂电线的儿子呢。

施娄觉得这老头儿是个寡言寡笑的人，但也许是对他不满意的表现，因又向这个叔叔敷衍了一阵，那老头子却只是哼着，表示“是的”“对的”“我承认的”等等意思。

施娄把预先安排的话说尽后，还似乎无从说到本题，便只好沉默了。

过了一会，那董太太向前挺挺身子，作出发言的预告，仿佛同亲家说，又仿佛自言自语：“哪一天才是平定的日子呢？”说完了，轻轻地吁了一口气。

施娄关于这个问题，平时似乎就很留心。他采纳了旁人的谈话，更加上自己的意见，便做成一个答案。这答案他一向藏在心里，从没有发表过，现在机会来了。于是他说：“很难一定！这次比旁次不同：旁次是国内战争，这次是对外战争！就以往看，国内战争从来不会延持很久，但对外战争就不同了。三年五年是它，十年八年也是它……有人说，这次中日战争或将引起第二次世界大战，如果真是那样啊……”

他说得得意洋洋，刚要继续下去，忽然想起来此是什么事了。这个离题太远，便把那快要吐出的话，硬咽下去。一心想折入本题，但一时竟不能想出个比较合适的方法，于是连连扇着扇子，很希望扇子帮个忙，把来此要说的话说出。

那亲家母平时会说话如今却不想说话。如今对于施娄所说的话，颇感到生疏：怎么对外战争就不同？世界大战都是那一些国家？明明是日本来打中国，怎能和世界大战连在一起……现在见他不说，便也乐得不再深究。

然而伊已觉得施娄此来的目的，一定不只是随便看看或谈谈的，必有些别的事情，但伊这时却不愿开口问个明白。

后来伊忽然想起一件新闻，于是说："听说一个妇人抱着一个包袱和一个孩子从家里跑出来，后面一个兵追着她。她吓坏了，想把包袱扔掉，仅抱着那孩子，免得太沉重。及至兵没有了，她定一定神，看看抱着的孩子，谁知却是个包袱！原来她扔错了！把孩子扔了！……"

施娄心中一动，"机会来了！"他把压在下面的腿提到上面，高声说："岂止这个！未出阁的姑娘竟有好些自尽的！事情多，我们听过许多！原因当然是被那些大兵胡来乱为了一阵，怕见不起人！"

他一面说一面两眼注视着董太太，董太太因为他用了一个粗鄙字言，故不答理。

他又接着说："但是父母也负着这种责任：他们为什么不早早把女儿嫁了？嫁了便不会有这类事发生了！"他更解释说："被奸的姑娘谁还要？如果给了婆家，便是婆家的人了！不论奸淫不奸淫，他们能说出不要么？负责任的已经是他们！"

于是他折入本题："所以，父母真是想不开……譬如，我们的姑娘就很是出嫁的时候了！”

董太太愕然地看着施娄的上下唇。

施娄恐怕伊会误解他的意思，于是两眼睁得更大，厚的唇向左右一动，作出笑容。他告给亲家母他并非不能养活女儿，实在这个兵荒马乱的年头，不得不这样做。他说这主意是为了他自己的好，同时也是为了对方的好，又说有好些人家是这么办的。选择吉日良辰本属迷信，如今文明人皆不着兴这件事。不过如果亲家母乐意，也可以就近选择一个比较合适一点的，也未尝不可以。嫁妆他没有预备，实在也不能预备，但当平定之后他一定照数补给。按眼前这样情形看来，还不致大乱，时局恐怕就要这样延宕下去，彻底解决必得再过几年；并且，这种办法还可以省钱，亲友可以不必劳动。……他也觉得这种说法颇有几分“财迷气”，为了挽回这小枝节的过失，必得证明刚才所说是个笑话，他的意思并不在省钱这点上，说到末后于是他哈哈大笑起来。

亲家母那方面，因为他说得太明白，反而把事情利害弄不明白了。

老头儿虽然闭着眼，可是耳朵并没有闭着，他完全懂得施娄所说的意思；同时想如果这主张一旦成了事实，过几天老董家一家四口一定要回家去了。他暂时放弃了想念他儿子的心思，对于这种事表示出他自己的意见。他慢慢睁开两眼，用手摸着胡子说道：“这种办法是个办法！”他的声音有些沙。

施娄吃了一惊。他惊讶这木头般的老头儿居然说出一句话来，而且还是偏向于他这方面的一句话。正想捕捉下一句话，但老头子只说了一句又不说了。

董太太还是没有说话。这妇人正在打伊自己的算盘呢：儿子还在城里第七中学念书，办喜事不请客人吃吃，似乎减少光彩，迎娶期不择个最合宜的日子，对于伊的儿子必不利，女方没有嫁妆，成个什么样子？施娄说平定不在暂时，伊也不以为然。就过去的例子看，每个战争都不能持久，这次也当然不能例外。如果平定之后再办喜事，那就绝没有这些弊害了。于是她明白她到了应当说话时候了，向前挺挺身躯，两手按在坑沿上，用很客气的调子，说了二十种以上不宜于草草迎娶的意见，话说得又明白又婉转，其实还只是一句话："她不答应。"

施娄没有料到董太太的心眼竟是这么不活动。他满心想把他对于女儿的责任移交婆家，免得将来许多危险和许多麻烦，所以来时他很带着几分希望。现在一同这亲家母对面，希望便经变成失望了！他有点儿后悔不该来。一种仿佛羞耻的心使他局促不安起来，他搔着光亮的头皮，用手摸着嘴角。他平时在镇上原称为智多星，每有什么打架斗殴之类的事，都要请他说合，结果常常是把两方调排得极好。现在他连董太太——一个妇人都说不服，那很显然的是大栽特栽了。他有点儿不平，有点儿气愤，心想说："是我的女儿，也是你家媳妇！爱怎样就怎样！这回只当没来！”但是当他必需开口时，他却说：“亲家母，好，照你说的，慢慢地商量，日子长咧。”

他站起来，正正帽子，向外走了。

董太太把应分说的话说完后，就不开口了。

老头儿又想起他的儿子来了。矿局把他儿子派到田庄去挂电线，那里现在正开火，炸弹爆炸的声音，炮子画空飞去的响音，机关枪扫射的声音，从矿局里某一处敲打铁筒的声响里，皆联类想到。这一切在半空里飞蹿的钢铁，他儿子都有轮上的分儿。“如果他死了，那就……”他不能想了，眼前只有一片黑色的帐幕。

施娄回到住处时，见着了大姑娘。

“爸爸，你到什么地方去老半天？”

施娄说：“我在厂屋南面看狗打架。”说后却想到自己所说的谎话好笑，便笑着。

报 复

李同愈

站长板起铁青的面皮，坐在那把有大窟窿的旧藤椅子上，为了七次车的误点，心上暗暗生气。随着这七次车来的，有一个站长的少年时的好友，说是这一回到泰山旅行，路过××这小地方，想顺便看看老朋友。这当然是使站长高兴的事情。他在自己的房内预备了招待朋友的床铺，又预备了一顿丰盛的晚餐。七次车该下午五点半到站，此刻已过了二十分钟，邻站还不曾来要路签。这突然的误点，好像故意要站长生气似的。

站长就想象这朋友的神气，那猫头鹰脸，一副偏圆眼，一个短下巴。这人爽利清脆的口音还仿佛留在耳里，计算起来却已经十年不见了。

邻站的电话来了，说七次车的车头坏了机件，所以迟了半小时。站长把路签发了过去，随手摸了一枝烟，照例把白粉装上烟头，作高射炮姿势，用力吸了一口，耸耸肩膀，露一丝苦笑。

一刻钟之后，站长迎着那位十年不见的老友，走出了站台。在灯光之下，各人凝视着对方，脸上都显出了惊讶的表情，好像说："怎么变了这个样子？"

这是的确要使人惊讶的。那里猫头鹰脸已变成胖子神气。而原来有胖子神气的站长，此刻瘦得成了一层皮绷在脸上，而这脸色又青得怕人。

然而他们一坐下来，胖子神气的人可耐不住沉默了。他放开了爽利的口音，问他的朋友：

"老管，怎么回事儿，变了样子？"

"那还不是当然的！十年啦，谁不变？"

这名为老管的站长，自从学来了烟头上装白粉，三年以来把一切嗜好兴趣全消磨净尽。他不曾娶女人，他没有父母，来去是一个人。而吸这烟头上的白粉成了他生活中最重要的一部分了。

这是件不名誉的事。可是，老管就怕听人说到这。

"我爱这个，我高兴，谁也管不着。"

一生气，他就给人家一个钉子碰。他不愿意听人家好意的劝。他高兴这个，明知要伤害到自己的生命，但为了他高兴，就从不曾想到戒除。

"为什么要戒除？做人总有一件高兴的事！不高兴这个，高兴那个，不是一样？"

所以，谁都不去劝他了。

可是今天来的朋友却不知老管这执拗性情。老管就怕他来劝，如果照例给他碰回去，像不适宜于款待远来的朋友。他就先把话说在头里：

“大生，你看这个。”

他从衣袋里又摸出那包粉，随手装在一支烟头上。

“那是什么？老海？”

“对啦！这是老海。我告你，人生于世，总要寻一件自己认为高兴的事情。这个，我，高兴了三年……”

老管用火点着，使劲吸了一口。

“嗳！你怎么弄起这个来？”

老管不回答，若无其事，笑着。

“嗳嗳！我说老管，我劝你不要玩这一手。你不知道啦！这东西，害人……”

“我全知道，知道而且明白，谁也不能比我再知道得清楚。可是我不已经把话说完了？我爱这个。”

朋友大生还想说下去，老管可有点生气了。然而老管没有法子禁止他。他说：

“笑话笑话，哪有这样甘心堕落的人！这简直拿生命开玩笑！”

老管不再说话了。他是生了气，生了大气。虽说朋友是好心说的，但说得太过分了。这真是不可恕的侮辱。他不再说话，心里盘算，怎样给朋友报复一下。

把一顿特备的晚餐吃过以后，在这个小车站上，没有地方好去。他们谈一点过去的事情，随后，朋友似乎有点疲倦，就各在床上睡着了。

第二天早起，朋友大生说昨晚吃多了菜，肚子有点痛。上了两次茅厕，还是不舒服。

“那么，你不要怕，尝一点儿这个。”

“不行不行。我没有吸过。”

“你别怕，尝一回肚痛就好，上不了瘾。”

于是老管装了少许白粉在烟头上，朋友大生也信了尝一回上不了瘾的话，递过来点了火，使劲吸着。

可不是？比药还灵。肚痛立刻好了。

在这小车站附近，除了几家做车站客人生意的小食店，什么也没有。四周是田野。顺道来玩的朋友住了一天，有点无聊。好意招待的主人就提议请几个人来打麻雀，这倒中了朋友的意。

“赞成。打一天小牌玩。”

于是把副站长和电报司事全邀了来。四个人坐下去，噼噼啪啪打了半夜。结果是朋友大生一家输。不知是否为了有“抬轿子”嫌疑，老管又提议接八圈，打一个通宵。大生虽输得不甘心，可是精神已有点支不住，就说：

“算了，倦得想睡。”

“那不要紧，你吸一口，就来劲。”有了着落了。

老管让朋友大生足足地睡了十多个钟头，把多少天来不够睡的时间补回去。醒来时，夜饭已预备在桌上了。

爬起床来洗脸，大生周身都发软。鼻子眼睛全不对味儿。不知怎么的，像还没有困醒。

“怎么，今天一准动身么？”

“想夜车走。回来再来看你。”

这可见鬼啦！大生眼里滚出眼泪来，老是打呵欠。他像饿又不是饿，像渴又不是渴，反正想吃一点什么似的。一下子，他可想起来了。

“老管，来一点儿。”

老管微微一笑，把那包东西（不再替他装在烟头上了）给了他。若无其事地说：

“这东西此地买价钱公道得多，你要，我跟你托人买一点，你带回去，反正用得着。”

大生坐了火车回家，他可没有去泰山。他觉得泰山没有什么趣味。他的趣味已改变了。

报 复

振 声

小翠也如其余岛上的女孩子一样，虽是长到十五岁了，所熟识的还只是一些鱼的名字和那一家的船头上画了两只老虎眼睛。她最快乐的时候，是扇着一双鳊鱼脚，从东邻踱到西舍，找同伴耍石子，在王二娘的磨盘上。见了生人，她也只会把个食指咬在口里，瞪着俩大眼睛呆呆地望。

当她妈把她许配给高二，她知道见了高二害羞——这是她见了男人害羞的第一次。在街上见他，她不敢咬着指头望他，扭身就跑，回家来关上门。若是同伴问起高二，她就狠狠地在人腿上扭那么一把。“穷根子嚼舌！”口里还如此咕哝着。

以后刘五多给了她妈一些礼钱，她妈又把她许配给刘五。这一来，她有点为难了。她不知道再见了高二，用不用跑。

刘五要娶她的头三天晚上，半夜三更里，高二约了一群好汉来抢亲。把她从妈的炕上拖下来，她只吓得哭。高二把她困到家中，叫她不要哭，她就不哭。过了几天，她就那么地作了高二的媳妇。可是她又不知道见了刘五，用不用跑。

高二与刘五的渔船在海上碰着头，刘五瞪眼看高二，又用力摇那橹，还骂那橹是强盗的儿子。高二是坦然，慢摇着橹唱渔歌。

一次刘五从高二门前过，小翠正在门前晒满太阳的空场上补网。刘五站住脚，两眼钉住小翠不放，小翠红了脸。只低头补网。网是补糟了。幸亏对门张大嫂子带出孩子到场上玩，小翠才敢喘出一口气，刘五才歪歪扭扭地转过墙角。张家的黑狗见他走了，也才放开嗓门，汪汪地叫个痛快。

在海边的小酒店里，刘五有时闯进来，要四两白干，坐在墙角上独酌。一个短短的身子，紫红脸，像只矮虎蹲在那里。谁的头要往他的方向转，他的眼便往你这边瞪。旁人的眼光都避着他的，对着其他的人笑。有时碰到高二也在酒店里，刘五的目光便更亮，他桌子上的酒壶酒盅也更摔得响。高二与旁人说话，声音也更高起来，笑的次数多而嘹亮。他听旁人说话也像更从容，一手挼了腮，一手用指头敲着桌子，在眼角上瞟着刘五，脸上挂一种轻蔑的笑——那是表示“你能把老子怎样”的笑。他是个宽膀子，高大身材，配上脸上的微笑，更显得堂皇。

二更初下，高二就站起身来要回家。这每惹起大家的笑。高二满不在乎地从笑声中走出去。刘五的酒壶在桌子上一摔，喊声“再来二两。”大家的笑声停止，眼光都向他射。刘五在这种高烈的情调之下，二两白干一仰脖颈便下去，站起来似将有所表示。

“你也早点回家，搂着枕头睡罢！”酒店里一个连腮胡子顾客不等到刘五开口先放火。咧着嘴呵呵地笑。

“强盗，咱们白刀子进去，红刀子出来！看罢！”刘五说完，曳着腿向外踱，门砰的一声，他出去了。

小翠有一天下午去山里挖菜，慌慌张张地跑回来，头发蓬松，两腮红涨，脖子上还搔了几道血痕。人问她是“怎么啦？”她不说，只是哭。到家里关上房门，半天不出来。

高二后来听见了。用何种威吓逼出小翠的口供来，以及口供的内容如何，外面俱不得而知。只是高二的样子变了。有几天两眼灯亮，像疯狗一般地到处找寻刘五，怀里还藏了一把渔刀。到海边的小酒店里，拼命喝酒。进门先用眼四处搜刮。坐下两眼盯着门，这似乎是在等刘五，但刘五连影子也没有。

高二本是个外面粗硬、心里细软的汉子，他不怕硬只怕软。一句好话会使他像绵羊的驯柔。可是你若撞翻了他的脾气，他就不同你客气。哪怕你是块石头，他也拿头撞你个粉碎。这块得罪他的石头，他若找不到，他会去撞墙，撞石碑，找一切石头的本家来出气。

他的性子变得这样坏，谁见了他都得赔小心，特别是姓刘的。他吃了酒后，便于四处找架打，就是不姓刘也得躲远点。碰到旁人有不平的事情，不用你找他，他就会去找你的敌人，打一个落花流水。

他回到家来常是带了酒,性子像烈火一般。听到他的声音,小翠的两只腿都发软。她不敢问他一句话,因为一问就会出岔。她侍候他吃饭、睡觉,就像一只猫去侍候狗的那样畏怯。但他对她只有怒视,或是吼骂几声!从未打过她。

他有时酒喝多了,会哭,那样一条大汉子,在个弱小的女人跟前哭!她不敢过去安慰他,因为她一安慰,他的悲哀马上会变成暴怒,像雨后骄阳的猛烈。她又不敢不理会他,因为哭,总留着小孩子当日对付母亲的一套,不理会,他会越来越凶,像春雨变成夏雨,有时还来个暴雷。她几番经验里得来的最好的方法是陪着他哭。这样,他的悲哀就像多出两只眼孔作泄道。不久他会安静下去,爬到炕上乖乖地睡。小翠就蜷在一边,一声气息也没有,像母亲怕惊醒她的小孩子。

岛上的人,心中都为此事有点紧张,头顶上像似要打雷。

好歹挨到渔忙,没出乱子。各人悬在空中的心,一忙便好似有了交代。

春天的太阳底下,无数的女人孩子在海滩上补网,男人在海上捕鱼。日里满海的白帆,夜间满海的灯火,海岸上晒网的,碱鱼的,修船的,补帆的,男人,女人,孩子们如开庙会的热闹。全岛在忙碌中,现出活动与快乐。

但海风吹不散高二的怒,笑容盖不住小翠的愁,太阳也照不见刘五的影子。

一日黄昏，太阳特别红，天气也格外热。风是一丝不流，海面上碧澄澄的一波不起，像晴天万里，并无一缕烟云。满海的白帆在微红的夕阳里，往来像溜冰一般。入夜后渔船上都掌起灯火，千点万点，与天上的星光上下映照。鱼在海里浪漫起来，打得水面乱响，这是渔家的快乐！

将近二更，西北方忽然起了乌云，渔人知是风头，便快快落帆收网。但鱼多网重，一时不及收完。那乌云已到半天。一阵风起，吹灭了渔灯，掩藏了星斗，海上的漆黑。不到几分钟，海浪如山起谷落，那些渔舟也如沸锅的豆子一样，在水里乱滚。海上一片的哭声、风声与涛声。

岛上的女人孩子，一群群地跑到海岸，提高了风灯，向海上乱叫，又是一片的喊声、哭声与涛声。

在一片混杂不清的声音中，有多少舟子的喊声是消失了，人与船也消失了！

有两只渔船离岸只有一箭地的远近了。一起高浪赶来，把一只船摔向一峰乱石上。浪花卷回，借着岸上的灯光，看出来飘着几片碎板里一个尸身。岸上起了一片哭喊。又一冲浪头把那尸身泊近了那另一只船的左近。岸上卷起一片“救人”的喊声，接着又是一片“不要救”的喊声。那船上立起一个高身的舟子，一头撞下水去，浪头过处，见他已经一手捉住那具尸身，另一手向船上挣扎。但浪起浪落，那船已离开一丈远近。挣扎有十分钟光景，人力已尽，那船却更远了。再不到一分钟，只见两个尸身出现在水面。

几番浪头，把他们泊近海岸，已不到三丈多远。岸上几个汉子，在大家催促声中下水将他们打捞起来，一群风灯围照在他们的脸上。在大家惊异的眼光下看出了救人的是高二，被救的又恰是刘五，他们俩却都已死过去。

几个人把他们抬向高二家中，小翠吓得只跟在后面哭。

屋子里生起火来。几个人用干布在尸身上搓擦。

擦过几个时辰以后，高二先苏醒过来。他睁开眼向屋子里瞭了一瞭，明白这是他的家，把头在枕上动了动，大概是表示感谢大家救他的意思，又把眼闭上了。刘五是在高二苏醒过半个时辰以后才醒转过来的。他吐出最后的几口水，又昏沉一阵，再睁眼看一看，要想坐起来。大家按住他，他说不要紧，已经好了，要回家去，大概他已经明白他是在谁的家里！

高二也听出这是谁的声音。他不相信他的耳朵，睁开眼向声音来处望。此时天已放亮，窗纸都发白了。这又清清楚楚看出躺在另一个床上的，不是别人，正是他的冤家！他要他死，但是他死了，他又把他救活了，并且是自己死过一次才救活的！他不相信他的眼，他挣扎起来，探着身子细细看，从他眼里射出的怒光来判断，你可知道假使他手边有一把斧头，他会拿起来一斧砍死这个被他救活的人！

大家因为他们俩在一起，都没敢离开。见此情形，就把高二按着躺下。高二在炕上滚来滚去，像似心里有火在烧着。

刘五呢？大概一切都清楚了。眼也不敢瞧高二，只说要回家。

小翠先是看到他们俩死在一屋里，吓得哭都不敢哭；后来看到他们俩都活过来，又吓得笑也不敢笑。她早已躲藏起来了。直至大家把刘五扶走了，她才敢进来侍候她丈夫。

高二睡过一长觉之后，睁眼已是下午时分了。太阳从窗棂斜射进来，飞尘在一道道阳光中游泳。屋子里不知怎地那般沉静。小翠坐在床脚边小兀凳上低头缝旧衣，只听得一丝丝拉线的声音。她见高二醒了，抬起头望他一望，像似想问他要不要吃东西，但又像似有所畏怯而不敢开口，只是把头低下去，一声不响地继续她的缝纫。一线阳光正射在她的脸上，映出她长长的睫毛与一双怯怯的眼光。她不是以前咬着指头看人的小翠了，生命的艰苦已经把她磨炼成一个女人了！

高二在炕上翻动一回，又安静下去。两眼大张着望一回顶棚，又望一回小翠。他确是在想些什么，他由烦躁渐入安静，脸上的风云也渐渐地开霁了，他的心境分明是起了一种变化。

他叫小翠去盛碗稀饭来。小翠忙放下针线去取饭。赶小翠捧着饭进来，他已经背靠着墙，坐在床上了。他吃着饭，又很温和地问小翠："一夜不睡不累吗？也上炕歃着歇回吧。"这在小翠，真是受宠若惊。自从她上山挖菜之后，久不见这样的声音笑貌了。"为什么他忽然变好了？"她在想，在莫名其妙。

不错，不独高二不同从前，刘五也有点奇异。他不像小翠被抢后的刘五了，因为他不是那样凶；也不像小翠挖菜后的刘五了，因为他不是那样险；更不像好久好久以前的刘五了，因为他又不是那样浮。那么他像什么呢？他像一只挨了打的狗，用怯懦的目光看人；又像一头驾在犁上的牛，终日低了头工作。总之，他是变了。

刘五似乎怕见高二而又心想见着他。高二呢，救人以后，也不到酒店吃酒，也没人听见他在背后再骂刘五。有一次他们俩在街上碰了头，刘五远远望见对面来的是高二，他不由己地望望左面的一条岔路，但是他却没有走那岔路。他又不由己地脚步放慢了，但仍是低了头往前走。走到高二跟前，他又不由己地抬起头来望望高二，像似想说话，但是又没有说话。高二望见刘五之后，没有把脚步放慢，却也没有放快。没有把头低下去，却也没有把头扬起来。他仍是一样地往前走。刘五望他的时候，他也转过脸来看看刘五。当他看见刘五眼光中所表现的意思，他似乎想对刘五点点头。但是忽然他又硬了脸，仍如以前的不快不慢地走过去了。他们俩对背的时候，刘五又不由己地回过头来望望高二，又低下头走了。高二呢？并没有回头。

小翠呢？渐渐也恢复到她被抢后挖菜前的常态。但她也不敢过分高兴，有时高二还会来一阵风云，无缘无故的。不过那样的坏天气一日比一日少，她也长得一日比一日好看点。

海边的小酒店里，一盏昏红的煤油灯，照出几个粗皮大手的汉子围坐在一张桌子上。他们几两白干下肚，常是争吵式地议论这两个人——高二与刘五。他们争论的焦点，不在刘五的改变，这个他们都了解；却在高二的异常，这个他们不明白。有人以为他是叫海水灌“瘪”啦。又有人以为他是叫小翠“媚上”啦。黄胡子李大比他们有了点年纪，也多了点知识。他的左耳朵动了两动——这是他要发表高见的预征。嘴咧到耳朵边，“哈哈！”他笑道：“你们说的都是瞎子相面，摸不到头脑！你们见过高二同罗小黑打架吗？罗小黑打他不过，这小子，狗尾巴失火，急啦！咬了高二一口。高二一气，猛一个老虎翻身，把小黑扑倒在地上，擎起拳头就打。你猜，罗小黑怎么样？这杂种，磨坊的驴子带眼罩，不要脸。他说‘你打吧，我反正躺在这里，你打死我，我也不回手。’高二的拳头投在空中，棺材进了坟，老停在那儿！”

“罗小黑，他偷我的鱼。这小子就真该揍！”一个粗眉大眼的渔子敲着桌子说。

“谁说不是？”黄胡子李大接道。“可是他碰的是高二，王大娘的鞋底，怕软不怕硬。”李大停了停，又睁圆两个小小的黄眼睛说：“刘五就好比躺在地上的罗小黑，高二的拳头打不下去。”

“那么他饶就了刘五吗？”又一个在怀疑。

“不饶怎么样？刘五现在是软皮蛋，高二下不得口！”黄胡子说罢，眼睛眯成两道线。

“也真他妈的凑巧，他偏偏救了他的冤家！”又一个在叹息。

“就是这个作怪。”黄胡子说：“你自己救活的人，你就不忍得再打死他。长虫总够歹毒，它也吞不下自己的蛋！”

酒店的人们是如此议论着。

快到端午节了。在渔家的日月，春天渔市一过，各人腰包里都有几个大，也正如农家过了秋收一般，且感觉松闲得像金鱼一样。高二收了渔账回来，肩上一个钱褡子沉甸甸的。路过海边上的小酒店。酒店红脸掌柜的陈老兴正坐在门前夕阳里喷闲烟。一群鸡在他的周围刨食吃。一只大锦鸡咕咕在唤母鸡，它是找到了个虫子，很有武士风度地让母鸡来吃。一群母鸡跑过去，刚争着伸嘴，大锦鸡却一低头，先把虫子吞下了。又弓起脖颈来，对母鸡们行个遣散礼。

“久不见啦！新到的好营口，来上一杯，试试这劲儿。”陈老兴在逗引高二。高二摇摇头，却站住脚不动。

“得啦，钱多了要压坏箱子底。就算我请你，桂子，打四两给高二叔。”

高二坐下了。三杯之后，是不在乎再来三杯的。酒喝多了，忘记的心事也会找上门来。心事一来，酒是不计较的。他喝到一更以后，晃晃荡荡地肩着钱褡子往家里走。刚一出门，碰见罗小黑走进酒店。

钱褡子很重，他走得发热。那酒力便似火上加油一般，涌将上来。他望着人家窗前的灯，一盏变成百盏，千盏；身子也荡荡的像在船中，正似那次刮大风的样子。他忽见前面一个人影，“是刘五这小子，这次不救他了！”他心想。忽起一种回忆，像火点炮门一般，他举起钱褡子，往那影子摔过去。扑的一声，那钱褡子被摔在龙王庙的旗杆底下。他踹过去，没有人，蹲下摸那钱褡子，摸着了，放在平地上像个枕头。他就把头放上去，睡着了。

一觉醒来，太阳已红红地照在旗杆顶上。他浑身发板，头皮也杠得痛。他坐起来一看，枕的是自己的钱褡子，方想起昨天收账吃酒的事。又见钱褡子上滴滴点点的血，他摸摸头再摸摸鼻子，都没有血。放开钱褡子一看，钱也没有动。“也怪，哪里来的血。”想想昨天的事，出了酒店以后，又都不记得了。他肩上钱褡子抱着一肚子疑闷回了家。

有人传说罗小黑包着头，叫人打得鼻青眼肿的。谁问他，他也不肯说是怎么回事。这与我的钱褡子有血无关，高二这样想。

端阳节到了。家家门旁插着香艾，贴着各色花纸剪的老虎、蝎子、守宫、蚰蜒、蜈蚣之类。小女孩子们都换上绿衣、红裤子，辫子上插上香艾，耳唇上抹着雄黄。穿着新绣的老虎鞋，一歪一扭地聚集到海滩上去拣蚌壳。

黄胡子李大听了点奇怪的消息，便去找高二。进门见小翠擦了一脸红粉在那儿包粽子，高二也穿件新蓝布小褂坐在对面抽烟。黄胡子接过高二送来的旱烟袋，抽着烟，理着他那短而粗硬的胡子说："你那天告诉我你那钱褡子上面有血，你猜到了是哪里来的血吗？"高二摇摇头。

"量你猜不到！"黄胡子咧着嘴得意，"你那天一出酒店，碰见罗小黑？"

"那个我记得很清楚。"高二点头说。

"你走到龙王庙前，见过什么人吗？"李大精明的像个法官。

"那我可不记得了。"高二说。

"你在龙王庙前碰见了刘五。"胡子不慌不忙地说。

小翠手里的粽子米撒了一地，忙地用脚去压着。

"怎么？"高二跳起来，眼里冒火道："是那小子！"

"你别急！"李胡子道。"顶风驶船，急也没用。我刚说刘五在庙前碰到你。见你醉了，他想过去扶你。你知道这小子现在变成好心眼了！你用钱褡子摔人，他就躲在庙门洞里。后来你睡了，他不放心，坐在那里看守你。你不信？你摇头！老鼠拉车，大的在后，你听着罢。不久罗小黑这王八蛋偷偷摸摸地跟来啦。做贼眼快，他知道是你躺在那儿，过去偷了钱褡子就走。你猜怎么啦？刘五跳过去从后面一把揪住他。两个人就滚了屎蛋。小黑死也不放手那钱褡子，叫刘五打得头破血出，他才放手跑了。这叫做贼遇到路劫，一户欺一户。

刘五把钱褡子又放在你头下，他还不敢走。直在庙前等到天亮，才回家睡觉。这小子心眼真不错！”李大一气讲完，胡子都竖起来，两个黄眼睛瞪得溜圆。又点着头，足上一句：“你现在信不信？”

高二听了低下头，又在地上踱来踱去。黄胡子的两个眼睛像猫头鹰一般望着他转。高二忽然停止了脚步，对小翠说：“咱们今天就请刘五来过节，好不好？”

小翠红了脸，一声也不敢响。

黄胡子把脚一跺说：“好！真痛快！”

高二转身对李大道：“就劳你驾去请他，回头你们俩一块来。”

李大像炮弹一般地飞出去了。小翠的粽子却老是包不好。

高二急的跑到门外去等他们。小翠把粽子包完，蒸在锅里，加上柴火。听到门外一阵笑声，吓得跑到房里去了，他们三个人进门，高二叫她出来，半天她才露面，脸上红得像鸡冠子一般。刘五也红着脸站起来，问一声“高二嫂你好。”她连一个字也吐不出口，一直跑到锅台，低下头去做菜。

他们吃起酒来，小翠上菜，手脚都不听调动。她越想安安静静的，那盘子里的碗碟越响得厉害。往桌子上放汤，碗也歪了，汤都撒出来。

几杯白酒下肚之后，变成他们脸上的绛红。李大脖子上的筋都跳起来，像渔网的错综。高二与刘五见面都说不出话来，现在有酒蒙着羞，也都不顾忌地说出他们的心腹话。刘五先不济，话渐多也渐不清楚。但谁都听清楚他对高二说了这个：

“大哥，我不能再喝了，尿鳖子不是盛酒的家伙，哈哈！”他忽转庄重道，“嗐！自从你救过我之后，我也不知道怎么说好啦！我觉得我这条命是你给的。你就像我的亲哥一样！”他说过，酒像清醒一点，心里也像似去掉一块积痞得轻快了。

高二听罢，又喝上一大杯，嘻嘻地笑。把身子向前一扑，扑在桌子上，眯着醉眼望刘五：“唉，唉！兄弟！你那脸上多了一块疤！哈哈！”

他们的快乐传染给李胡子，勾成满脸的笑纹，那干枣红的脸。他用半欣赏的声调说道：“报仇不忘恩，冤家变成亲！”这是他们粗人的哲学。

也怪，粗人倒比细人明白！

小翠坐在屋角上，半天木木的。见他们这般的傻笑，她也禁不住笑了。她又想往嘴里插指头，但手到半路又放下来，她确是一个女人了！

小还的悲哀

叔 文

小还在一阵杂乱的语声中走出了教室，满心里蕴着说不出的难过，转了弯，仍然觉得有二十双令人难堪的眼光盯在脊背上，热辣辣的，老扯不断。心里越急，脚下就越走不快，汗水直打头发窠里往脖子里流，本来瘦削不健康的脸，到此也愈见苍白了。

你说小还准是犯了过，给老师罚站一点钟。做学生的，左不过是这些事：书背不出了，打了人了，骂了人了，然后又挨了老师的骂——哈，你这么想，你错了，全不是，全不是。

然而究竟为什么呢？小还今天有些异样。别的不说，走路丧魂失魄的总很明显。你瞧，走出校门，已撞过两次洋车了。第三次撞在一架卖鲜枣的担子上，把篮子里肥肥的一些大红枣滚了满地，害得那个卖枣子的一面歪下身子捉捕灰土里的枣子，一面就睁起一对大眼向小还叱骂：

“小砍头的，瞎了眼啦？干吗走路不瞧着走！赶杀也——”

小还撞泼了枣子，心里慌，本想为那人捡了起来，不想被那人一骂，就骂糊涂了。心里又羞又急，拔起腿就跑，在人丛中跑了一阵，书包在背后把大腿打得生疼。跑着跑着，耳朵里听得轰隆隆仿佛响雷声音，已到巷口大街上了。他站住，心里通通地跳，脸上火一样烧着。一列电车在他面前开了过去，司机人把铃子踏得叮叮叮乱响。大街上有数不尽的车子，数不尽的人。马路两旁摆了无数摊子，卖水果的，卖鸡毛掸帚的，卖花的，卖瓷器的，卖橙黄色柿子同花生的。馒头铺小伙计把热腾腾的蒸笼盖一掀，就拉长了嗓子喊："噢……现出笼的热包子啦，三大枚一个。"于是就有一个夹着空车子慢慢走来的车夫被这声音吸引了去，放下车子，从腰间板带里掏出六个大子，换来两个热热的包子，一边吃，一边又夹着空车子走了。

小还脑子昏昏的，望着街上人来人往，热热闹闹。汽车走过去，扬起了一阵尘土。他定一定神，举起袖子揩一揩额上的汗水，他想：

"敢情是在做梦？"

可是立刻就知道不是做梦。他倒希望当真在做梦。唉，这么多的人，这么坏的天气，闷热，不下雨！

他耸一耸肩，把行将滑落下来的书包带子位置在原位上，于是越过马路，向对街一个小胡同走去。

胡同尽头倒数第三家，有两扇久经风雨颜色剥落的朱漆大门的，是小还的家。望到那个大门，仍然仿佛带得有点害羞神气，小还踌躇了。他怕进那扇门。就从今天起，他说不分明地对那个门有多少憎恶。只觉得有满肚子的怨愤，却不晓得该埋怨谁。

是的，说是从今天起，一点也不错，而且就是从末一堂课起。上末一堂历史课，吴大头吴老师把鸦片战争的正史讲完以后，照例地把手中最后一小段粉笔向痰盂里投去（他投粉笔同吐痰同样准确，全不作兴在五尺以内）。大家挺直了腰杆，把书合上，准备来听听大头老师的牢骚了。吴大头最爱发牢骚，发起牢骚来总是把那个呆头呆脑的大脑壳左右乱摆，兴奋到极点时，会突然把头停住，瞪着一双带有红丝的小眼睛，呆望着前面，就仿佛他那个不可知的仇敌，就在他眼前似的。这么样约有半分钟，然后又才像猛然有所省悟的样子，无可奈何地把头摇摇，结束了自己的宏论，说：

“总而言之，中国是没有办法的，最要紧的是强国强种，而强国强种的根本方法不能靠政府，要先能各善其身，靠自己！”

这一套话，正同总理遗嘱一样，在每个班上学生的脑子里记得烂熟，也正因为烂熟，就不再有意义。但他们对大头老师的兴味却从不因此稍减，那又为的是他那个头，正同庙会时卖的大头和尚的假头一样：一样大，一样呆气，一样傻得可爱。小孩子对假头总是爱好的。

在平时，吴老师在讲台上发着牢骚时，底下总有学生互相咬耳朵，（互相低声）窃笑，也总有个把好事学生，善意地为他在自己本子上留下一个体面的肖像：扁的脸，大的脑壳，眼睛是两弯细线。下课铃一摇，老师的脚刚一跨出课堂门，大家就一条声唱起来：

“大头先生，独善其身，吃着面条，想着馄饨。”

可是今天不同了，我说不同，是单指学生方面而言。至于那个先生，仍然同平时一个样子，仍然是牢骚，仍然是摆头，结束仍然用的是“总而言之”，然后“强国强种”，然后“各善其身”完事。但是下了课后，大家用眼睛把那颗大头送出课室门以后，大家喉咙皆好像有什么东西呃着，那个编排的歌也无人唱了。

他们沉默在那儿，不像往常先生一出门，大家都乱嚷嚷地理书包，同猴子开了锁似的往外跑。今天他们不，他们心里像有个铅块弹压得动不得。王纯亮平常最善淘气的，今天也异样。他只用铅笔在本子上画着“鸦片亡国”“鸦片鬼”“亡国奴”。他又全是机械地那么写，像中了魔术似的。李文辉先气闷不过，回头向王纯亮做鬼脸，照例王纯亮会回报他一个的。今天李文辉一个鬼脸没做完，看见王纯亮那严重样子，他把半个鬼脸又收回去了。

小孩子们到底不会在闷空气里活下去的，渐渐地班上起了不安，起了骚动。最初是在低语，后来终于有人叫了：

“我们听吴老师的话，我们要打倒一切鸦片鬼！”

周连第竟爬上老师的椅子，在黑板上写了五个大字："打倒鸦片鬼！"

于是大家喊："打倒鸦片鬼！"声音闹起来了，大家理书，理笔，寻橡皮，找本子，台板咥咽咥咽的乱响。

魏金宝说："我爷爷就抽大烟，可是他管得我好凶，没法儿劝他戒。"

"我有法子！我有法子！"刘家荣这么说着，夹了书包，就嚷到魏金宝的座位上去了。魏金宝是他表姐。

这其间，小还把书包理好，挂到肩膀上。他白着个脸，走到刘家荣的空位上坐下来。他牵一牵同刘家荣同座的那个大学生的衣袖，怯生生地问：

"赵民德，我问你一句话。"他脸红了。

赵民德把一管亮亮的铜铅笔插到自己胸襟前口袋上，问"什么事？"

"我说，假如一个人生了病，生了病才抽上大烟，那算不算卖国贼？"

赵民德为这一问问住了，不知如何作答，这人是向不苟言的，是班里的老大哥。

"自然是卖国贼啦！"正在同魏金宝讨论如何摆布她烟鬼爷爷的刘家荣，听到小还的话，就掉转身来插上嘴："一切的烟鬼都是卖国贼！是害群之马！是禽兽！病？病不会找大夫治吗？抽上瘾，就得戒，不戒就是卖国贼！"

一口气把话说完，看看小还脸上神气，刘家荣知道自己说错了话，把红红的小舌头一伸，扮个鬼脸，又缩到魏金宝座位上去了。

刘家荣一段理直气壮的讲演，颇引动一些同学的注意。大家都团了拢来，听这故事。坐在赵民德前一座的王兴安，他是自始至终听得明明白白的。他知道小还有点什么隐衷，很想弄个明白，于是掉转头来问：

“李小还，你爷爷抽大烟吗？”

“我没有爷爷。”

“你爹爹？”

小还摇头。

“你母亲吗？”

小还不言语了，羞愧地垂下了头。

事情当然一看就明白，一些先前高叫“打倒”的人，到此反倒无话可说了。大家挤鼻子扭嘴地互相交换着眼色。间或有一个刚刚走来还不知道底细的人问什么事，同学中就有人代答：“李小还的娘抽大烟。”于是问的人叫喊“打倒！”话还未喊完，刘家荣从人家肩膀上探出个头来，高声说：

“李小还，别难过。又不是你自己抽大烟，我们打倒的又不是你，你难过干什么？”

“你别多话！”刘家荣一下子又被他表姐捺到座位上去了。

大家你一句，我一句，窘得李小还无处存身，猛然又听见一个声音：

“难怪李小还那么瘦，血管中毒！”声音中带有无限怜悯。

“血管中毒，对啦，血管中毒！”另一个人和着说。

小还再忍不住了。他站起身来，恨不一下子冲破了屋顶飞得出去，永世不再回来。毕竟他逃出了那个屋子，在走廊中了。走过二年级教室时，里面有一群小孩子的声音在唱“功课完毕太阳西”那个散学歌，声音嫩嫩的，听到“见了父母行一礼，父母见我笑嘻嘻”，小还感觉这是在讥笑他，更难受。

一路昏昏沉沉，走到自家胡同里，心绪更加烦乱起来。他不欢喜这个家！自然他不怪他母亲。往日里，见到自己母亲与人家母亲不同，成天蓬着个头歪在烟铺上，从不把衣服穿得整齐一点，带他去中央公园走一趟，心里不自在，忍不过了时，就问：

“娘，你为什么要抽烟？”

回答是一声长叹，然后：“小还，你哪里知道！娘有病，没有法子！”

听着那说话声音，再听听那声叹息，小还心软了，他同情了他的母亲。

遇到这样时候，小还总不愿即刻离开母亲。小小心灵为一抹忧愁所笼罩，轻轻地在他娘对面躺下，守望着那张干枯灰瘦的老脸，觉得母亲十分可怜。明知道母亲吸足烟后，精神一来，那个说过又说过无数遍的父亲的故事，又该唠叨着了。这种谈话在小还实在不能算一种幸福，简直可说是受罪，可是为了可怜母亲，他总静静地听，耐心地听，一遍又一遍。也就是由这种谈话的机会上，他更接近了他母亲，却对那丢弃了他们母子在河南另娶了三个妾的军人父亲感到深深的怀恨。

想到这些事，小还急于要回家。他心头一阵明亮，下了决心，他要向母亲请愿，请她莫再吸烟！

于是小还到家了。

在堂屋里，赵妈接过他的帽子同书包，他兴奋着，那么一股劲，把母亲的门帘一掀。

“娘！”他喊。房里黯黯的，一股闷热的烟味冲着他脸扑过来。他习惯了，不在乎。床上点一盏幽幽的灯，这盏灯，在小还有生以来各样天气里，从未见它灭过。他走近床铺前，又叫了一声娘。那个被小还称为娘的正口含烟枪专心一意吱吱地在抽着，淡淡的青烟从鼻孔里冒出来。她动了动头，含糊地应了小还一声，仍然抽，顶开心。

小还跪到床前踏板上，望着那烟雾中的母亲发呆。

抽过了五个烟泡以后的母亲，迷过一回，半睁眼睛望一望小还，露出两列黑牙，接连打了三个大哈欠，说：

“小还，你干吗那样呆头呆脑的！你找赵妈玩玩去。”说完，闭上了眼。

“不，我不去。”

小还爬上了烟铺，在他娘对面躺下来。他心里计算着，等会子母亲醒来，怎样第一句开口劝她戒烟。他蛮有把握，心里怪高兴。他想，母亲疼他，会听他话的。于是他望了母亲一眼。母亲蓬松的乱发下面，一张灰色的皱脸，正张着大口在打鼾。他数着：“一、二、三”，大襟同脖子底下三粒扣子总不见钮好，焦黄的手指不时痉动一下。唉，这样的人就是小还的母亲。等等还不醒来，不耐烦了，轻轻地叫：“娘。”

不动。

再叫。

怪吝啬地把眼睛开一个缝，嘴唇动动，又睡了。

忽然一个声音在耳朵里响：“鸦片鬼！害群之马！卖国贼！禽兽！”小还愤怒到极点，他使劲在他娘膀子上摇了几下：“怎么还不醒？”

“祸害！闹什么？睡都睡不安。”这才睁开眼，随手又捡起烟签。

小还生恐把千钧一发的机会失去，赶紧伸出两只小手，紧紧地把那只捉烟签的手抱住，哀求说：

“娘，不要抽！你为什么老抽烟，老抽烟！”

“唉，没法子……”

小还不再为这声音打动了，心想：

“抽饱了睡，睡饱了抽。精神一来又骂父亲，总是这一套！”口里却轻轻地说：

“谁说的，许多人都戒掉了。”

“放屁！你娘吃了二十年烟，还戒？戒你的奶奶！”说完就挑起烟膏在灯上烧，烧得顶专心。

第二次抽足了烟的母亲，见小还半天不言语，就伸出那只焦黄手指的手来，摸摸小还的手，摸摸小还的头，摸完了，就哑着嗓子喊：

“赵妈！赵妈！关照你话总不听，早晨上学总不给少爷多穿件衣裳，又着了凉！”

赵妈来了，一手白白的面粉。那母亲对赵妈使个眼色，故意说：

“给少爷加件衣服，带他到厨房玩玩。”

赵妈会意，笑着拉小还：“少爷，到厨房看我包饺子。”小还正一肚子怨苦，无处诉说，赵妈一拉，顺势就挨下了床沿。

走到房门口，他撒开赵妈的手，把着门框硬不肯走。他想起大头先生的话，他想起在课堂上同学们的讥讽。“烟鬼都是卖国贼”“病？病不会找大夫吗？”这类的话又在他耳边响着。回头看看他娘，仍然在烧烟，仍然很专心。

赵妈第二次拉他时，大颗的眼泪从他眼角里流了下来。

“你这孩子怎么啦？”赵妈不耐烦地说。

二十二年二月一日为龙弟作，在北京。

疯 子

杨宝琴

“她们到底干什么呢？”

猜疑多日的米尔女士，这次真是忍无可忍了，好奇心鼓动着她忘了他们洋人最忌讳偷看人家私事的习惯，蹲下身躯，左眼闭着，右眼贴近门上锁钥的窟窿，向里望去，正看见学生张素兰和她同住的校医洪宝珠在接吻。米尔女士吓了一跳，中国人除了夫妇哪有接吻的？莫非她们正在实行同性恋爱？难怪洪医生一见张素兰来，就把她拉到自己的书房里去，原来做着这样丑事！想到这里，四十余岁老处女的脸上竟发起烧来。但为想看个究竟，她依然贴着锁孔张望。这时她看见洪校医的脸正对着她，慈母般替张素兰揩着眼泪。张素兰也像小鸟依人似的靠着洪医生正在抽咽。洪医生替她揩完泪，又把预备借她看的三册书和她自己带来的讲义夹子叠在一起，交给她，挽着她的手臂，像是要送她出来的样子。米尔女士赶紧站起来，躲到沙发上去翻杂志，果然洪医生和张素兰并肩走出来，送到客厅门口，还听见洪医生对张素兰嘱咐道：

“有工夫常来这里玩玩，不快乐的事情别闷在心里，那是会成病的。”

一直望到张素兰走出院子，她的背影为垂柳遮住，洪医生才转身回到客厅，看见米尔女士还在翻阅杂志，她不去搅扰她，轻捷地走到案头去整理正在盛开的芍药。米尔女士偷偷地抬起头来，望到她高高的个子，潇洒的举止，飘逸的态度，心不免又跳了起来。假如给她穿上一套男子的西服，准没人敢说她是女的。天生男子的身段，自然免不了会有男子的性格。难怪她爱张素兰这样的女子，一个温静娇弱的女子。

这时洪医生已插好花，抬起头来，发现米尔女士正在呆望她，不觉大方地一笑，眉峰向上微竖，口角向下微弯，这种笑态也完全是男性的。再看她那宽大的素罗的长衫，轻盈地随着步子飘动，这风度也是中国男子特有的。米尔女士无名地害起羞来，几乎不敢再抬头望她，但洪医生却已闲逸地走了过来，同坐在沙发上，叹息道：

“张素兰真是个可怜的孩子！”

说完两手抱着头，倚在沙发背上。米尔女士随着叹息声，眼光扫射到她的脸上，见她素白的面庞，呈着两颊的红润，不觉暗想道，方才在书房里和张素兰不知做了多少兴奋的举动，脸都涨红了，现在又来掩饰什么？但这些话怎好说出口来？不免假同情地问道：

“是不是她的出身很苦的？”

“可不是吗？”洪医生点头答道：“她的母亲生下她不到几个月就死了，她的父亲在她五岁时又死了，她既没有亲姐妹兄弟，又没亲叔伯，不得已寄养在一个远房的叔叔家里长大的。”

“但她还能上大学，总算不坏了。”

“这都仗着她父亲给她留下的一点遗产，可也就因为这点遗产，她那远房叔叔的儿子，要霸占她那有限的产业，她觉得这于情于理都说不过去的，所以她请了律师，非要和她的堂房哥哥力争不可，可是她正在读书，又要惦着故乡打官司，这怎能使她不着急呢？方才又在我的书房哭了许多时候，可惜我不能帮她忙，也不知怎样安慰她。”

“我觉得你们很要好的，你应当多多给她安慰。”

“是的。”洪医生坦率地答道：“我起头也不认识她，今年春天才认识的。你还记得今年春天有个学生因为学骑自行车，把胳膊摔断了，这学生就是张素兰，是我把她送到××医院去医治，我得空总到医院去看看她。后来她出了院又回到本校的疗养院来休息，我也时常进去看她，陪她谈谈。因此她好了，非常感谢我。她说要是没有我帮她，她不死掉，也许会成残废的，所以很信赖我，把家里的私事都告诉我了，并且直到现在，她还常来看我，送我东西。其实治病是医生的责任，我对谁的病都一样留心在意，她真太好心了。”

洪医生说完，耸了一耸肩，表示她博施济众的胸怀。米尔女士表面上点着头，骨子里却在盘算，若是真个没有什么特殊情形，为什么每天来这里一趟不够，一得空还要到医院你的公事房去呢？并且一来这里，总是不坐在客厅里的时候多，两人关在书房里，有时大声说笑，有时又寂然无声，谁知你们在干些什么秘密的勾当，还拿什么好听的话来掩饰？反正你们两人接吻的光景已落在我的眼里了，这是不道德的行为，无论如何，总得报告校长，消灭这种耻辱，以维持优美的校风。

晚饭后，米尔女士果然颠危危地到校长住宅去访校长，报告她日来观察所得。校长不及听完，便已勃然大怒。中国人真是没出息，为着解决生理的要求，也应找条正当的出路，为什么做出这种不道德的行为？假如风传出去，岂不丧失了学校的体面？有心要把洪医生辞去，一则顾念她平日对于病者尽心治疗，看护有功。二则，她是教会介绍来的，不为她个人设想，也应顾全教会的面子，在这学期当中，万万不能更动职员的。那么就把张素兰开除了吧？但是四年来她在学校里总是第一等的好学生，无论教员同学没有不喜欢她，钦佩她的。她自己的功课几乎没有一样不列在甲等，而课外她还加入着许多活动。学生自治会里，她当过主席，运动场上她是个健将，音乐队里，她也是个中坚份子，现在还正当着基督教团契学生部干事。她的一举一动，从来不曾有过差池，要想开除她，真比拔年轻人的牙还不容易。这真是个难题，急得校长浑身出汗，苍白的头发蒸笼似的直冒热气，还是米尔女士有主意，提议她把校内有实权的几位外国职教员都约了来商量个妥善的办法。

几个电话之后，几位职教员都到了，说也奇怪，出席的尽是老处女。老寡妇校长当主席，秘密地讨论起来。这十来位独身者的内心究竟如何，当前没有心理学家给她们分析，谁也说不清楚，但她们的外表却刻板似的严肃，冷淡，残酷，无情，猜忌，疑虑。一经校长报告，大家都咋了舌。想不到慈眉善目的洪医生，原来心地是这样的不纯良。中国人真是靠不住，大家都怒气冲冲，久久不能作声。半晌一位白发苍苍的数学教员发言道：

“这是莫大的羞辱，我们为保持学校的神圣计，不能不重重地惩治！”

“我也知道这是一个严重的问题。”校长应声道：“不过我不知道应当用什么方法来处理这件意外的事变。”

大家似乎都在搜索枯肠想办法，一时又寂静了。最后一位生物学教员建议道：

“为两全计，不如先警告洪医生，从此不许和张素兰往来。好在暑假快到了，那时候张素兰也毕业了，自然要离开学校的，如需要时再把洪医生也辞退了，岂不依然可以保全本校纯洁神圣的风气？”

大家觉得这真是一条尽善尽美的妙计，于是公推米尔女士去警告洪医生。洪医生听了，不觉哈哈大笑，外国人真是看不起中国人，疑神疑鬼地一下子又疑心到同性恋爱上去了。同性恋爱在外国原是一种极平常的现象，为什么一到中国人手里，便会变成这样严重的罪恶呢？何况真相不明，无故加个罪名，未免太欺侮人了。便坦白地解释道：

“事实胜于雄辩，我不愿为同性恋爱四字作辩护。不过我要声明的张素兰是个孤苦而要强的孩子，她为家事常到我这里来哭诉，我不免生了怜惜的同情心，尽力安慰她，开导她。因为青年人血气方刚，稍受打击，最容易陷于悲观绝望之境，所以我可怜她，常常叫她来玩，不知有他。”

米尔女士觉得中国人真滑头，明明自己错了，还敢狡辩！但碍于同住，不便深究，只要她不再理张素兰，也就没事了。

洪医生为表明自己清白高尚的人格，果然当张素兰再来访她时，便拒绝了，不再见她。张素兰碰了几回钉子，还是莫名其妙。连着来了几封信，询问不见的理由，洪医生回了一封信，照直地把事实叙了出来。张素兰看完信，真个青年人沉不住气，何况她的个性特别倔强，脾气也特别暴躁。周身血液沸腾起来，好像自己的个子膨胀得顶住了天花板，力量也像增加得两个手指可以捻死一个大人。拍，一巴掌打在墙上，却不见白墙有何动静，她更恨了，握紧拳头叠连捶打，一直捶到筋疲力尽，才觉得一口怨气出了半口，接着又放声大哭起来。她觉得外国人真是太会欺侮中国人了，四年来，无形中受的压迫，都隐忍过去了，想不到这次竟敢明目张胆地诬赖好人！她为中国哭，她为中国人哭。同时她又想到她自己，幼失怙恃。不知道父母的爱是甚样的滋味。二十年来都在自怜自惜中生长，今春一病，才遇见了这位仁慈的洪医生。在病中，她肯像大姐姐般看顾自己，照应自己，这怎能使她不感激，流露了赤子爱母的心肠？然而昏聩的外国人，哪里能了解她的苦衷，她不禁又为她自己的命运痛哭。

当她啼哭的时候，左右前后围满了同学，但她们早已知道她哭的原因，所以谁也不过来劝慰，却像看热闹似的，挤眉弄眼地流露着睥睨和不屑的表情。张素兰知道有许多同学在看她哭呢，于是揩干了眼泪，举着信站起来，向着大众数落校长的罪状，要求她们招集临时自治会，驱逐校长，平日服从惯了的学生们，哪里还有反抗的精神？唯恐树叶掉下来，碰破自己脑袋似的抱头鼠窜而逃了。孤掌难鸣，她一人的力量，哪里能驱校长呢？但她不能隐忍的，一定要消极的抵制，提起笔来给洪医生回信，叫她不可怯懦气馁，偏照常往来，让她们看看是不是同性恋爱？可惜洪医生已是三十出头的人了，早已把少年的锋芒磨殆尽，绝不愿为这点事来怄气，这使张素兰更失望了，但她还不甘休，一天几趟地到洪医生公事房和她的住宅去找她，却都见不着她。回归宿舍，一肚皮的怨气，无处发泄，便躺在床上，放声大哭。同学们听见的，都把口角向下一拉，鼻端哼的一声说道：

“她失恋了！”

却没一个人了解她的她，也不求人家了解她、同情她，只是愈见不着洪医生，她心里愈气愤，哭的机会也愈多，半夜三更想起来，也要哭一通。这个消息早由同宿舍的同学传到校长耳里，校长不敢当面来冲锋，挽出几个平日和张素兰说得来的教职员和同学来劝止她、吓惘她，张素兰一见她们走来，知道她们来意，不等开口，先就溜走了。

有时在校园里偶然碰见洪医生，她像发狂般飞奔向前，抱着洪医生的颈项乱摇乱吻，于是大家又说她是“花癫”了，校长极为忧虑，托人替她找异性朋友，又托人来劝她出嫁，她冷笑道：

“哼，我才不忙着嫁人呢！即使要嫁，也用不着老处女、老寡妇来操心，谢谢她们，叫她们留着自己要吧！”

说完一溜烟跑了。

在教室里听讲，每逢教员讲到国际情形，或中外民族性之异同，或基督教之势力时，她一定站起来，臭骂外国人一顿，教员觉得她打断自己的话头，自然不高兴，同学也觉得她讲来讲去老是那一套，又与本课毫无关系，徒然白费时间，所以去禀告校长，要求停止她的听讲权利。校长也觉得她近来在宿舍里、校园里、教室里都是个扰乱治安的份子。这样下去，对于全校，一定很有妨碍，有意把她开除了，但她自己一人又不便做主，于是招集一个全体职教员会议，校长首先发表意见道：

“我们学校职教员连学生共有五百多人，却被她一人所扰了。我们不能因为一个人，牺牲五百多人的安宁，所以我想把她开除了。”

“开除！”米尔女士直截了当地应道：“像她这样的疯子，早就应当开除了！”

“疯子？”国文系主任咬文嚼字地起立道：“说她个性倔强，言语激烈，行动失当则可；说她疯子，未免过甚。你们看她近几月来在东方杂志、大公报、国闻周报上登的那些批评现代教育之得失，以及中国所急需的教育等文章，哪篇不是写得鞭辟近里，一个疯子能作出这样好文章来？所以依我个人的意见，不如先警戒她一下，叫她好好地遵守校规。只有一个月她就毕业了，顾念她平素是个优秀的学生，何妨这次对她宽些？”

“宽些？”老处女数学教员狠狠地答道：“一个月的日子虽然不长，可是我们再纵容下去，她会把全学校毁了也说不定，所以我赞成为了众人牺牲她一个，开除！”

“不过开除也得有理由。”一个西国的男教员公允地提醒这一句。

“说她疯了，不能再继续读书，这理由还不够强硬么？”米尔女士振振有词地回答着。

“那得有个证明。”法律系主任黄女士郑重地提议道：“不然，我们怕应付不了社会的攻击。”

“那倒不难。”校长自信地说：“我们请洪校医写个证明就行了。”

洪医生见校长她们神经过敏、庸人自扰的态度，本想向她们解释一下，无奈自己是有嫌疑的，不便多说，只跟着同事们出席旁听罢了，现在叫她无故捏造证明书，她可不能屈服，和平地站起来声明道：

“我的职责只管检验生理的病症，心理的病象应当由心理病学家来检验，来给张素兰写证明书。”

校长听了，瞪洪医生一眼，却又无法驳她，全场哑了半晌。还是教育系主任司梯芬打破了沉闷的空气，他说张素兰是他本系最优秀的学生，他也不忍见他将要毕业的学生被开除了，所以请求校长先生找心理病学家来替张素兰检验，如果真有病，开除了才不冤枉，不然，还得另想方法，劝导她，叫她好好受课。会议便这样没有结果地结束了。张素兰一见心理病学家要来检验她，不觉大怒。校长真是太岂有此理了，一会诬赖她同性恋爱，一会儿诬赖她疯了。有心要把来检验她的人连踢带打赶他出去，但她为证明她自己并未疯狂，于是对着来人，操着极流利的英语，述说校长的糊涂和师长同学的不谅解她。

检验者听她伶牙俐齿有条不紊的话语，已断定她并未疯狂，但为慎重起见，又做了各种试验，也没找出疯狂的象征，最后他向校长负责声明道：

“你的学生并未疯狂，不过这一两月来，也许受了几次强烈的刺激，神经有点过敏，感情容易激发，叫她好好休息两星期，一定可以复原的。”

校长没有法子，只得接受了他的建议，把张素兰送到疗养院休养。张素兰听到自己并未疯狂的忠实报告，对于外国人倒不完全疾首痛心了，自己的心境也和平了许多，觉得这些日子真是太兴奋了，身心两方面都感到过度的疲劳，好像百战的兵卒，得了些许胜利，也想暂时躲一下懒，于是听凭校长摆布，静谧地一人住在隔离的病室里，看看书，写写文章，倒也自在。有时走到院子里，看看花，散散步，想和护士们谈谈话，但护士们一见她走来，都打讪着走开了，把其他在养病的学生病室的门也锁了。即在院子里晒太阳的病者，见她来了，也都曳着睡衣，踏着拖鞋，逃了进去。张素兰心里不免起了疑惑，她们见了自己，为什么像老鼠见了猫一般的恐慑？继而一想，不觉哈哈冷笑三声，大声嚷道：

“我既不是老虎，又不会吃人，你们怕我做什么？”

大家听了她的笑声和嚷声，更加畏惧了，能够不到院子来，总是不出来了。连每天必来病院办公的洪医生，自从她来住院后，把办公室搬到住宅去了，只叫她的助手到病院来巡视病人，所以张素兰想和她见见面的机会都没有，不免连洪医生也看不起了。常常走到洪医生从前办公室旁边，指着窗子骂道：

“卑俗的中国人，怯懦的中国人！”

没有回应，她自觉无趣，退回隔离的病室，又觉空空洞洞，毫无着落。软禁一个星期了，又没机会和人谈话，她怕天长地久她的说话机能离她而去，或者她会忘了她自己说话的声音。所以不时地自己在屋里高声读书，或大声独语。

这些举动印在病院里护士和工友的脑中，又传入校长她们耳里，她们确定她一定疯了，于是大家更有了戒心，不敢见她。可是张素兰走动的范围却更扩大了，她离开了病院，夹着书和笔记簿等到教室去听讲。米尔女士正在预备讲授教育哲学史，见她走来，合上书，走下讲台和气地对张素兰发言道：

“奉了校长的命令，在你休养期间，不叫你来听讲！”

“我又没病没灾。”张素兰也温和地答道，“本来不用休养的。再一个月我就要毕业了，怕我功课赶不上所以先来上课，人依然住在病院里，不是很好吗？”

“你的办法很好。”米尔女士唯恐得罪她，顺着她的意思答道：“不过最好先和校长声明，然后再来上课。”

张素兰知道校长向来是刚愎自用，不通情理的，和她商量，毫无益处，所以她赶紧解释道：

“我来听讲，并不违法，用不着小题大做。”

说完，就坐下来，准备听讲。米尔女士却不允许，边拉她，边喝道：

“这是校长的命令，我们不能不服从！”

张素兰以为米尔女士要来打她，她得抵抗，用尽平生气力，一把把米尔女士推过去，米尔女士站立不住，几乎跌在墙上，边退，边晃摇，活像不倒翁受了揿按的光景。她看着她那狼狈挣扎的情状，不觉哈哈大笑，胜利地兀坐椅上问道：

“校长是你的什么东西，要你这样口口声声地惦念她？她叫你去死，你也听她的吗？哈……哈……”

米尔女士晃摇了半天，才喘过一口气来，挥手向其他学生们命令道：

“你们快把这个疯子赶出去！”

学生们还没动手，张素兰早已气得两眼发直，眸子里直冒火星，两个拳头握得紧紧地按在膝盖上，泰山似地稳坐那里嚷道：

“你们谁敢来动我一下，我就把谁的头摘下来！”

真的，谁也不敢向前半步，这意外的事变早又轰动了邻近的各教室，师生们都跑出来围在米尔女士教室门前观望，却谁都不敢向前来多一句话，还是校长肯负些责任，率领着五个壮健的男工友来，死拉，活拉，才把张素兰架到病院里去，校长怕她又出来闹事，叫人把她的房门锁了，吃饭时从窗子里递进去。

张素兰遭了这种压迫，无边的怨气没处发泄，两手使劲捶墙。连骂带哭。叫人来开门，却没人回答。她一切都失望了！原想毕业后，回家去，亲自和堂兄弟谈判，一定不许他们霸占自己的产业。现在一切都完了，不能上课，不能听讲，自然不能毕业，哪里好意思回家？更不能理直气壮地和叔叔他们理论了。本来叔叔他们早就说过，女人读书，毫无用处。不许她进中学，不许她进大学，她偏进，叔叔他们没法，只好说她父亲的遗产都叫她当学费等用光了，但她一计算，绝不是，一定要从叔叔手里把尚未化尽的钱要出来。可惜冷饭已入死人肚里，哪里还吐得出来？谁叫自己父亲把钱交给叔叔经管呢？她像恨父亲，又像恨叔叔，又像恨学校，她简直被浸在恨渊里了，不知怎样才能出气！在屋里跳、嚷、捶、喊，还是没人理会。

忽然一手捶过去，恰巧打在玻璃窗上，哗啦一响，玻璃碎了。她想不能从门里出去，可以从窗里出去。她一定要听讲，一定要毕业，然后才好理直气壮地和叔叔他们打官司。当，当几下，玻璃都碎了，她从窗户跳了出来，脸上、手上、腿上，叫碎玻璃剐了好几道血痕，她也不觉痛疼，一迳跑到图书馆去读教员指定的参考书。图书馆里阅读者一见她血污浑身地撞进来，吓得一个个伏在案上。图书馆管理员们怕她又到这里来捣乱，硬着头皮围上去，把她按住了。她挣扎着，抵抗着，纵身一跳，跳到阅览桌上，演说似地向阅览者骂学校，骂校长，骂米尔女士，骂图书馆。但终以寡不敌众，当她正说得慷慨激昂的时候，一不留神，被图书管理员他们用粗绳捆了起来。校长也赶到了，觉得她这般凶狠，再纵容下去，一定会拿把刀子杀死几个人，或放把火把全校舍都烧了的。她为着全校的安全计，不惜牺牲几百元盘费，托个护士先给张素兰打一针安眠针，叫她睡熟了，然后偷偷地伴送她回故乡。

享福

前羽

炉子里的煤火爆着微响，老太太从沙发靠手边捞着了那个铁签子，把炉子的门打开了，红的火头上扬着碧焰，浮动的微弱的火光映照在老太太的脸上。天已夜了，屋中还无灯光。

老太太看看炉里的火焰，觉得自己像是浮在水上，晚饭时吃下的“卫生”的东西老是耿着在心上，总似乎还有些气味，怪不好受。

小孙六六充满了快乐跑进屋里来，她望着炉边的老太太说：

“奶奶，你真像个菩萨，像个贴了金的菩萨。嘿！天黑了，我来开灯。”她走去扭电灯机关，踮着脚那只手还仍然够不着。“唉！我开不着，奶奶，我六岁了怎么还不长高呀，我去叫妈来开。”

老太太望着六六出去后，她一手扶着沙发背，想站起来去开电灯。这时节六六的妈妈却进来了，一眼看见老太太站起来了，赶忙又扶着她坐下，顺手把灯扭亮了。屋子里陡然一亮，老太太只觉得眩目，赶忙闭着眼睛。六六看了看老太太的座位，然后说：

“奶奶，太近火炉边不合卫生，老这样坐着也闷了吧，您坐过这边来，换换地方新鲜些。”说了就把另一大沙发上的锦垫拍着，安置停当，来扶老太太。

老太太微笑着换了个座位，除了灯光刺眼，她觉得和坐在那边一样。

外面屋子里的无线电收音机放出了抑扬的歌声，六六的哥哥携着六六从外面屋子里进来了。

“奶奶，这时有好音乐，八百银子一点钟，快到外面客厅里听音乐去。”

“奶奶快去呀！我来替你拿烘笼。”六六随即提起了灯笼。

老太太记起“音乐是助消化的东西”，且记起别的话语，只得站起身来。

老太太起身扶着六六的哥哥后，六六赶忙跑上前开了门。到了大客厅里。

“奶奶坐在这里吧，六六把烘笼放在这里。”六六的嫂嫂说着扶着老太太坐在一把新派怪不好看的矮的沙发里，老太太把脚蹬在烘笼上，觉得这烘笼连脚全都是累赘。

收音机随即放出尖嗓子的歌声，客厅里全是快乐的面孔，老太太假笑着，仿佛是这歌声把她刺激得这样的。在她那皱纹的笑容里，好像表示了一千个不愿听，然而还得勉强听下去。

六六的侄儿青青和聪聪进来了，后面还跟着进来一个白而胖的客人。客人一进门就俯身问候了老太太，接着又说：

“老太太，您真是好福气！这么些个子子孙孙。”

客人即刻转过头去和六六的哥哥谈起来了，老太太听见些什么政治经济、公债地产，她不懂得。她在想：都说好福气，什么好福气？

聪聪和青青走到她身旁，把小手搁在膝头上，为老太太述说日里出去在马路上看见的事事物物。老太太觉得好听。她想跟着他们的话，假设一道马路，把那些事事物物全摆上去，但是热闹的马路在她的印象中很模糊，总摆不真切。于是她便想起她所熟悉的小镇市那一条窄窄的街道，那里住得有朱乡约、王四癞子、刘寡妇。她不管这街道已住了多少人，仍然还把聪聪青青说的那些事事物物搬上去，于是那小街完全改变了样子，显得热闹起来了。她觉得真的好看，真的热闹。可是青青和聪聪不管奶奶脑子里想些什么，却把话说到别的方面去了。他们说一本童话。两人为童话的内容和寓意意见不一，即刻争吵起来了。老太太的幻景被打断后，抬起头来茫然地望着他们。“聪聪，闹什么！”想那么问，却并未开口。

那位白胖客人留下一屋子雪茄烟味儿，打着哈哈走去了。六六的哥哥关闭了收音机，老太太清静了许多。但她觉得这清静不是她所要的。她要的是一家中人大大小小皆不注意她，尽她自在消化消化吃的食物。

青青和聪聪仍然在争吵，他们的父亲因此便要考他们的功课，聪聪的英语说得很流利，父亲满脸喜悦遂记起《颜氏家训》上一段记载，夸奖聪聪有本领将来做大事。屋子里人都觉得聪聪不过是十二岁的初中一年级的学生，说得这样好的英语，大家也都显出得意的笑容。老太太低着头，肩膊骨头有点疼，耳边嗡嗡的。她也要说这样那样，可是她同谁说？说什么？

“青青，你唱个渔光曲，六六，你跳个蝴蝶舞给奶奶看。”六六的嫂嫂注意地望了老太太一下然后说。

两个小孩子当真就唱唱跳跳起来了，把地板弄得轧轧响。

老太太抬起头来，茫然地望着她们。

六六的母亲又把收音机开了，六六跳完后又要哥哥和嫂嫂跳舞给老太太看，两个大人也在尽孝意义下作起老莱娱亲的玩意儿，老太太立刻觉得耳边一阵哄，灯光下的人影错杂起来，她把身子斜倒着，她觉得眼前怪不舒服，然而她又不敢说不要这个，又不便说要什么，不得不茫然地望着他们。

跳舞停止了，六六的嫂嫂就大声在老太太耳朵说：

“奶奶，开心不开心？……哟，您喝点茶吧，下半天还不喝茶！”

老太太于是喝了一口茶，腹中咕咕响了一阵。

大家接着又谈起来了。老太太看见他们笑，看见他们争论，但始终就没听清他们说的是什么，为什么笑，为什么争论。

她自己做些什么，想些什么呢？她成天就是这样儿，没做什么，没想什么，她的眼睛皮到晚上就不大能够尽开，现在更垂下了。

一阵哄然大笑，吓了老太太一跳。把眼皮打开了，她看见些一堆大小不一快乐的脸在面前转动，做什么？她一个一个看去。这些儿孙还是笑着。

笑声终于止住，谈话转了方向，他们谈到家乡，六六的哥哥说起在乡下的那个老屋，屋后一片竹园，那块菜园，菜园边的几株大枫树，他说他年幼时候常爬上那几棵树。那时枫树还不怎么高，现在真不知有多少高了。他又断定那几株枫树定然老了，树腰必已长了疙瘩，如一切老东西一样，因为他已经三十几岁了。

听着他这么说，满屋子的人都安静下来了，大家的眼睛都凝视着，仿佛看见了那老屋、那枫树，眼前的情景与他们好像离得很远似的。老太太的脸上堆上了快乐的微笑，眼里射出了光芒，仿佛她已回到了老屋，她想起她初来到那老屋时，她还是一个小姑娘，那时屋角的枫树还只是一颗很小的树，她开口了。

“奶奶人老了，枫树自然也要老了。记得我来你们家时，枫树不过是我这么高，那时你们老太公欢喜栽树，屋前屋后都是树，夏天我们在树底做活，又凉快又荫爽……”

青青不等老太太说完，插嘴问道：

“您多大出嫁的，太太，您怎么会嫁到我们家来的？您说，您快说吧！”

“我怎么来的？我和你太公是表姐弟，你太公的妈说我相貌端正，长得有福气的样子，一定要我做媳妇，我就坐花轿到你家中来了。做新娘子时候我十七岁，那时家里不是财主，全家的人都没个闲着的，作媳妇的织布、绩麻、喂猪，那些猪……”

“奶奶从前累了，现在正是享福的时候。”

六六的嫂嫂有机会插嘴说话时，六六、聪聪、青青已把头搁在母亲身边睡着了。娘姨进屋子里把他们带去睡觉，六六嫂嫂跟着照料去了。六六哥哥也躺在火炉边沙发上打哈欠。老太太眼睛光光的毫无倦容，就自言自语地说：

“什么都不变，什么都得变……”

这老太太被扶扶牵牵上了床，躺在那大雕花床上白被单里时，好像年轻了许多，因为她已回到家乡，回到那个“过去”生活里，仿佛正卷了衣袖，用花布裹了头发忙乎乎的，在菜园里追赶吃菜的小猪，她快乐了。

失 业

徐转蓬

做酒的龙水，从二十岁进酒坊做伙计，守在大缸边看火候接酒，吃人家的饭，拿人家的工钱，到了四十岁。今年，他没有进店，没有店家肯收容他，只好留在家里吃“死食”，吃自家的了。他好像生长在酒糟里的虫，喜欢喝那么一碗，现今离开了酒坊，穷在家里，想到酒，他的干喉咙就痒痒的需要一滴那个东西来润湿它；甚至于他的鼻子也渴望能嗅到酒的气息。

好几回，店东从他的床下搜查出他私下偷藏着的货色。

一坛酒被捧出来放在他的面前，受着审问：

“龙水，这是你的货色吧？”店东仍装着笑脸和平的神气。看透世故的人便知道那种笑法可怕到如何程度。龙水自然不知如何是好。他说话的技巧并不能掩饰他作伪的行为。

在店中当伙计，每餐照例可以喝酒，但喝的酒有个分量规定的，龙水的酒量却超过所规定的分量过十倍。于是方便时，他就不能不背着店东的眼光，用家伙把酒偷藏起来，在晚上睡觉的时候喝个痛快。

看见酒被店东搜查出来，面孔因为羞辱青一阵红一阵，像蚯蚓一般粗的太阳脉急跳着，眼睛也发花了。

“怎么说呢，龙水？”店东反问他。

“错处在你手上，叫我有什么话可说，那——那只有听你处分了——”

“听我处分？那便是一条大路！”

龙水会转圜，这事还有可商量处。如今却被店东把他的工钱结算清楚，辞退了他，要他滚蛋，把他的被铺和箱子远远地投出店外。

“龙水，你到别地方去发财吧！”

常常因为这件事，被询问，被辞退，龙水因此也就从这家酒坊到了那家。龙水被人问到时，就解释说：“这是命运。”到后来，命运益坏，××地方所有酒家皆拒绝这个人上门，没有店家敢再收容他了。

龙水失业闲居在家里，头发长长的毫无光泽，面孔青灰色，颧骨突出，眼圈深深的陷落，蓬头垢面，什么事都懒做，半死半活，偶然洗一次脸，已算是最大的努力了。

想跑出圈子外奔活路可不成。他，有一个家庭牵累着。他有个扁脸短身的老婆。以前，妻子儿女完全依靠他的工资生活，自从失业后，生活没有把握，前途的可怕是料想得到的，他明白自己。他记得一句话，说是船漏了就得下沉，他明白自己似乎就如一只破漏的船，不久会沉落海底去的。但有一种奇迹，他却始终不沉，闲荡半年，家中可以换钱的东西，都变卖掉了，单单只剩下几个“人”，一个女人，一个八九岁的孩子，还有怀孕数月行将出世的一个孩子，两夫妇同许多上流夫妇一样几乎没有一天不吵架，因了口角，眼睛就突出，举起拳头来解决，有时在半夜吵闹了，两人便从床上打到床下揉成一团。完事后一个鼻中哼哼响着，一个鼻涕眼泪大把大把，两人还得上床睡觉。

老婆把他看作“恶鬼”，孩子把他看作吃人的“野兽”。

龙水在家中威风不失，在别人面前，却是十分可怜的样子。俯着头走路，眼睛不敢直视，说话也不响亮。人瞅不起他，狗瞅不起他，当他经过街上，就追在他背后吠叫。双手找不着工作做，显然成了一只断翅膀的鸟，即使有力也飞不起来了。

他又托人各处来询问工作，又亲自去找寻门路，跑了路，混一些日子，看店东们没有表情的脸，丝毫没有结果，才吐一堆口沫垂头丧气地回家。

老婆每次见他回来时必问他：

“有没有门路呢？”

沉重地摇头。

不熟稔世故的女人急了，发出怨声：

“世界上哪有比你再无用的？以后叫我们靠什么活？我们总是人，人是要吃饭……像你，先前简直不必讨老婆、生儿子，多害一批人……”

说着那妇人重重地拍着怀孕四五月的膨胀的腹部，要把胎儿打落下来似的，恐吓男人。

龙水受了刺激，怒吼了。

“你这个婊子，那么糊涂！我喜欢不做事？喜欢饿肚子的吗？”

他埋怨女人不体量他的苦衷。刚从外面碰了钉子回来，又不给他一点家庭的温暖，一些同情，反而说些有刺的话刺伤他。

于是，拳头对准她的鼻子挥过去，并未落下，他笑了，“婊子你真是天日不知。”

老婆就说：“你不管，我当真做婊子去。”

当他去询问工作时，店东们照例都用同一的话拒绝他。

“龙水，到别家设法去吧，我们的伙计早就定了，够了。”

“再添雇我一个好吗？”

“人多了，有什么用处？”

“不拿你工钱，就是吃你的饭，糊糊口，好吗？”

“就是你自己带饭米来也不成！”

坚决地被拒绝，在这时刻，龙水搔着头发，抽动着眼皮，悲苦地反省一下：“自家简直一个小钱也不值了！”

天注定他劳苦到死的龙水，在家闲了三个月，手脚便绵软无力，好像病后一般的萎靡，对一切感到虚无、空洞；每天在沉，却总不到底。到底，大约是死了罢。

他渴望着工作。他卜课，卦中说子牙八十遇文王，年纪也并不大。

当他在店的日子，把喝酒的意义看作比吃饭重要，到今四十龄的今日，才体味着吃饭的难处。

他近乎疯狂，整日整夜想着想不通的问题。本是一个沉默寡言的人，现在却呶呶不休。吃饭的时候，突然地，他放下手中的碗。

“人为什么天天吃饭？而又天天大便？不吃饭，不大便，和一株树一样不好吗？啊，啊……天生人，它就特地和人作对，折磨人。”他以为他在受折磨。他因此叹息了。

这种古怪可笑的思想不断地发生，他且毫无罪恶地希望一个做酒的同行死去。他就常常诅一个林九索。那是个在本镇上一家酒坊的老伙计。他们二人生平没有丝毫恶感，这真如俗话说的：你莫吃它，它就吞你。有九索就无龙水。

龙水只单纯愚蠢地想着：“他死了，我就补他的缺……”因之，龙水便无端地怀恨了他，甚至于真用木人头去诅咒老朋友即早翻天。

有一次龙水晚上做梦，梦中那酒坊里的伙计果真死掉了，可是那店家雇了另外一种人补了他的缺位，并没有雇用龙水，于是在梦中他不知羞耻荷荷地哭将起来。

老婆一巴掌打在脸上，把他弄醒，问他“为什么哭？”

就说："林九索死了。"

"林九索死了关你什么事，他又不是你的干爹娘舅，你哭！"

"能糊口就行了。"近来这句话几乎成为他生活和工作的一句口号了。

毕竟龙水在离家十五里的大别镇的一家酒坊住下了，只吃饭，不拿工钱，替东家做作。贪小便宜的店东，虽明白龙水手脚，觉得一切小心，尽龙水进店帮忙吃闲饭，算起来并无损失而且有利，就说试试看，试试看，收留了他。

他怕失业，怕被店东辞退，做事比从前兴奋了许多。把不好的习惯戒除掉，很方便时，也不敢再偷酒喝了，只小心谨慎地做事。

他把长长的蓬乱的头发剃去了，便好像年轻了许多，做工十来天，大概因为饮食安定的缘故吧，脸上便光润起来，尖削的下巴似乎缩去了一段；晚上也不做那古怪荒诞的梦了！——同时呢，家里老婆小孩子全忘掉了。

店东看看，小子不坏，觉得他容易欺侮，于是常常把两个工人才做得了的事，推在他一人身上。

"龙水，你做得好，你去做！"

强压地执行着。喘着气，疲乏地倒下来。晚间，睡在床上骨骼也发痛，当他追忆到往日。用力地捶着床板。

"从前拿八九十块钱一年的工钱，事做得并没有这么多，现在没有工钱，只吃白饭，他妈妈的……”

自己的肚子虽然不至于饿了，但他还有一个“家”跟随着。

妻带了孩子赶来缠缚着他。

“我以为你投河了，还托乡约放信，看各处水塘有不有你。谁知你自己有了好地方吃饭，甩下我们！叫我们吃石子，没良心的！”

妻子眼角挂着泪，一面说一面用袖子擦眼睛。

龙水慌张无措地说：

“有良心，无良心，叫我有什么办法呢！”

“那么，将孩子交还你，我不管。”她神气似乎要把孩子当场就摔死在男人面前。

龙水可不知怎么说下去了。

瞪住八九岁的孩子失神地看了一阵：眉目清秀，圆而大的脸，黑的瞳子；只是面孔贫血，老是合着嘴巴，浸透了人生悲苦似的。

心痛地，他紧紧把孩子抱在膝上，在喉底下说话：“苦命的孩子！”

无可奈何地，龙水把他的孩子牵到店东面前去哀求，希望能够得到点怜悯。

“老板，譬如修善，救救孩子，借把我一点工钱……”

店东听明白了龙水的意思后，怒气冲冲地站了起来，蹬着脚。

“什么话，你口是干什么的？不是一言说定，只有吃饭，不拿工钱吗？哼，在我这里，你的肚子吃太饱了，又该让你饿些日子。好，就滚你的吧！”

龙水结结巴巴地说：

“老太爷，我没有说别的；我说，譬如修福……”小孩子这时正咬着指甲，龙水在孩子头上拍了一下，轻轻地吼着：“嘘，杂种。”

店东望望龙水望望天，不再回答他。第二天龙水又被辞退了。

咬住牙齿，怀恨回家去，他明白这一次被辞退，问心无愧，完全因为是有个家跟随着的原故。如果没有他们，不靠他的工钱养活，不向店东拿工钱就行了。

“婊子狗杂种全该死……”

他准备回家去出气。到了家里，老婆正在院子里砍柴，一柴飞起打在龙水的眉头，“天有眼。”龙水想想，什么气皆消了。

龙水又闲在家里了。头发长长地留着，蓬头垢面，荡来荡去，街上常看见他悲惨的影子……不知他从谁学来一句话，“一只漏底的船，不久会沉落到海底去。”他大有尽它沉罢的气概，再也不找寻机会了。

一九三五年二月

模影零篇

林徽因

钟 绿

钟绿是我记忆中第一个美人，因为一个人一生见不到几个真正负得起“美人”这称呼的人物，所以我对于钟绿的记忆，珍惜得如同他人私藏一张名画轻易不拿出来给人看，我也就轻易的不和人家讲她。除非是一时什么高兴，使我大胆地、兴奋地告诉一个朋友，我如何如何地曾经一次看到真正的美人。

很小的时候，我常听到一些红颜薄命的故事，老早就印下这种迷信，好像美人一生总是不幸的居多。尤其是，最初叫我知道世界上有所谓美人的，就是一个身世极凄凉的年轻女子。她是我家亲戚，家中传统地认为一个最美的人。虽然她已死了多少年，说起她来，大家总还带着那种感慨，也只有一个美人死后能使人起的那样感慨。说起她，大家总都有一些美感的回忆。我婶娘常记起的是祖母出殡那天，这人穿着白衫来送殡。因为她是个已出嫁过的女子——其实她那时已孀居一年多——照我们乡例头上缠着白头帕。试想一个静好如花的脸，一个长长窈窕的身材，一身的缟素，借着人家伤痛的丧礼来哭她自己可怜的身世，怎不是一幅绝妙的图画！婶娘说起她时，却还不忘掉提到她的走路如何的有种特有丰神，哭时又如何的辛酸凄婉动人。我那时因为过小，记不起送殡那天看到这素服美人，事后为此不知惆怅了多少回。每当大家晚上闲坐谈到这个人儿时，总害了我竭尽想象力，冥想到了夜深。

也许就是因为关于她，我实在记得不太清楚，仅凭一家人时时的传说，所以这个亲戚美人之为美人，也从未曾在我心里疑问过。过了一些年月，积渐的，我没有小时候那般理想，事事都有一把怀疑，沙似的挟在里面。我总爱说：绝代佳人，世界上不时总应该有一两个，但是我自己亲眼却没有看见过就是了。这句话直到我遇见了钟绿之后才算是取消了，换了一句：我觉得侥幸，一生中没有疑问地，真正地，见到一个美人。

我到美国 ×× 城进入 ×× 大学时，钟绿已是离开那学校的旧学生，不过在校里不到一个月的工夫，我就常听到钟绿这名字，老学生中间，每一提到校里旧事，总要联想到她。无疑地，她是他们中间最受崇拜的人物。

关于钟绿的体面和她的为人及家世也有不少的神话。一个同学告诉我，钟绿家里本来如何的富有，又一个告诉我，她的父亲是个如何漂亮的军官，哪一年死去的，又一个告诉我，钟绿多么好看，脾气又如何和人家不同。因为着恋爱，又有人告诉我，她和母亲决绝了，自己独立出来艰苦地半工半读多处流落，却总是那么傲慢潇洒，穿着得那么漂亮动人。有人还说钟绿母亲是希腊人，是个音乐家，也长得非常好看，她常住在法国及意大利，所以钟绿能通好几国文字。常常地，更有人和我讲了为着恋爱钟绿，几乎到发狂的许多青年的故事。总而言之，关于钟绿的事我实在听得多了，不过当时我听着也只觉到平常，并不十分起劲。

故事中仅有两桩，我却记得非常清楚，深入印象，此后不自觉地便对于钟绿动了好奇心。

一桩是同系中最标致的女同学讲的。她说那一年学校开个盛大艺术的古装表演，中间要用八个女子穿中世纪的尼姑服装。她是监制部的总管，每件衣裳由图案部发出，全由她找人比着裁剪，做好后再找人试服。有一晚，她出去晚饭回来稍迟，到了制衣室门口遇见一个制衣部里人告诉她说，许多衣裳做好正找人试着时，可巧电灯坏了，大家正在到处找来洋蜡点上。

“你猜，”她接着说：“我推开门时看到了什么？……”

她喘口气望着大家笑（听故事的人那时已不止我一个），“你想，你想一间屋子里，高高低低地点了好几根蜡烛；各处射着影子；当中一张桌子上面，默默地，立着那么一个钟绿——美到令人不敢相信的中世纪小尼姑，眼微微地垂下，手中高高擎起一支点亮的长烛。简单静穆，直像一张宗教画！拉着门环，我半天肃然，说不出一句话来！……等到人家笑声震醒我时，我已经记下这个一辈子忘不了的印象。"

自从听了这桩故事之后，钟绿在我心里便也开始有了根据，每次再听到钟绿的名字时，我脑子里便浮起一张图画。隐隐约约地，看到那个古代年轻的尼姑，微微地垂下眼，擎着一支蜡走过。

第二次，我又得到一个对钟绿依稀想象的背影，是由于一个男同学讲的故事里来的。这个脸色清癯的同学平常不爱说话，是个忧郁深思的少年——听说那个为着恋爱钟绿，到南非州去旅行不再回来的同学，就是他的同房好朋友。有一天雨下得很大，我与他同在画室里工作，天已经渐渐地黑下来，虽然还不到点灯的时候，我收拾好东西坐在窗下看雨，忽然听他说：

"真奇怪，一到下大雨，我总想起钟绿！"

"为什么呢？"我倒有点好奇了。

"因为前年有一次大雨，"他也走到窗边，坐下来望着窗外，"比今天这雨大多了。"他自言自语地眯上眼睛，"天黑得可怕，许多人全在楼上画图，只有我和勃森站在楼下前门口檐底下抽烟。街上一个人没有，树让雨打得像囚犯一样，低头摇曳。

一种说不出来的黯淡和寂寞笼罩着整条没生意的街道，和街道旁边不做声的一切。忽然间，我听到背后门环响，门开了，一个人由我身边溜过，一直下了台阶冲入大雨中走去！那是钟绿……

“我认得是钟绿的背影，那样修长灵活，虽然她用了一块折成三角形的绸巾蒙在她头上，一只手在项下抓紧了那绸巾的前面两角，像个俄国村姑的打扮。勃森说钟绿疯了，我也忍不住要喊她回来。‘钟绿你回来听我说！’我好像求她那样恳切，听到声，她居然在雨里回过头来望一望，看见是我，她仰着脸微微一笑，露出一排贝壳似的牙齿。”朋友说时回过头对我笑了一笑，“你真想不到世上真有她那样美的人！不管谁说什么，我总忘不了在那狂风暴雨中，她那样扭头一笑，村姑似的包着三角的头巾。”

这张图画有力地穿过我的意识，我望望雨又望望黑影笼罩的画室。朋友叉着手，正经地又说：“我就喜欢钟绿的一种纯朴，城市中的味道在她身上总那样的不沾着她本身的天真！那一天，我那个热情的同房朋友在楼窗上也发现了钟绿在雨里，像顽皮的村姑，没有笼头的野马，便用劲地喊。钟绿听到，俯下身子一闪，立刻就跑了！上边劈空的雷电，四围纷披的狂雨，一会儿工夫她就消失在那冰雾迷漫之中了……”

“奇怪，”他叹口气，“我总老记着这桩事，钟绿在大风雨里似乎是个很自然的回忆。”

听完这段插话之后，我的想象中就又加了另一个隐约的钟绿。

半年过去了，这半年中这个清瘦的朋友和我比较地熟起，时常轻声地来告诉我关于钟绿的消息。她是辗转地由一个城到另一个城，经验不断地跟在她脚边，命运好似总不和她合作，许多事情都不畅意。

秋天的时候，有一天我这朋友拿来两封钟绿的来信给我看，笔迹秀劲流丽如见其人，我留下信细读，觉到它很有意思。那时我正初次地在夏假中觅工，几次在市城熙熙攘攘中长了见识，更是非常地同情于这流浪的钟绿。

“所谓工业艺术你可曾领教过？”她信里发出嘲笑，“你从前常常苦心教我调颜色，一根一根地描出理想的线条，做什么，你知道么？……我想你绝不能猜到两三星期以来，我和十几个本来都很活泼的女孩子，低下头都画一些什么……你闭上眼睛，喘口气，让我告诉你！墙上的花纸，好朋友！你能相信么？一束一束的粉红玫瑰花由我们手中散下来，整朵的，半朵的——因为有人开了工厂专为制造这种的美丽！……

“不，不，为什么我要脸红？现在我们都是工业战争的斗士——多美丽的战争！——并且你知道，各人有各人不同的报酬；花纸厂的主人今年新买了两个别墅，我们前夜把晚饭减掉一点居然去听音乐了，多谢那一束一束的玫瑰花！……”

幽默的，幽默的她写下去那样顽皮的牢骚。又一封：

“……好了，这已经是秋天，谢谢上帝，人工的玫瑰也会凋零的。这回任何一束什么花，我也决意不再制造了，那种逼迫人家眼睛堕落的差事，需要我所没有的勇敢，我失败了，不知道在心里哪一部分也受点伤。……

“我到乡村里来了，这回是散布知识给村里朴实的人！××书局派我来揽买卖，儿童的书，常识大全，我简直带着‘知识’的样本到处走。那可爱的老太太却问我要最新烹调的书，工作到很瘦的妇人要城市生活的小说看，——你知道那种穿着晚服去恋爱的城市浪漫！

“我夜里总找回一些矛盾的微笑回到屋里。乡间的老太太都是理想的母亲，我生平没有吃过更多的牛奶，睡过更软的鸭绒被，原来手里提着锄头的农人，都是这样母亲的温柔给培养出来的力量。我爱他们那简单的情绪和生活，好像日和夜，太阳和影子，农作和食睡，夫和妇，儿子和母亲，幸福和辛苦都那样均匀地放在天秤的两头。……

“这农村的妩媚、溪流树荫全合了我的意，你更想不到我屋后有个什么宝贝？一口井，老老实实旧式的一口井，早晚我都出去替老太太打水。真的，这样才是日子，虽然山边没有橄榄树，晚上也缺个织布的机杼，不然什么都回到我理想的已往里去。……

“到井边去汲水，你懂得那滋味么？天呀，我的衣裙让风吹得松散，红叶在我头上飞旋，这是秋天，不瞎说，我到井边去汲水去。回来时你看着我把水罐子扛在肩上回来！”

看完信，我心里又来了一个古典的钟绿。

约略是三月的时候，我的朋友手里拿本书，到我桌边来，问我看过没有这本新出版的书，我由抽屉中也扯出一本叫他看。他笑了，说：你知道这个作者就是钟绿的情人。

我高兴地谢了他，我说，“现在我可明白了。”我又翻出书中几行给他看，他看了一遍，放下书默诵了一回，说：

“他是对的，他是对的，这个人实在很可爱，他们完全是了解的。”

此后又过了半个月光景，天气渐渐地暖起来，我晚上在屋子里读书老是开着窗子，窗前一片草地隔着对面远处城市的灯光车马。有个晚上，很夜深了，我觉到冷，刚刚把窗子关上，却听到窗外有人叫我，接着有人拿沙子抛到玻璃上，我赶忙起来一看，原来草地上立着那个清瘦的朋友，旁边有个女人立在我的门前。朋友说：“你能不能下来，我们有桩事托你。”

我蹑着脚下楼，开了门，在黑影模糊中听我朋友说：“钟绿，钟绿她来到这里，太晚没有地方住，我想，成许你可以设法，明天一早她就要走的。”他又低声向我说：“我知道你一定愿意认识她。”

这事真是来得非常突兀，听到了那么熟识，却又是那么神话的钟绿，竟然意外地立在我的前边，长长的身影穿着外衣，低低的半顶帽遮着半个脸，我什么也看不清楚。我伸手和她握手，告诉她在校里常听到她，她笑着答应我说，希望她能使我失望，她远不如朋友所讲的那么坏！

在黑夜里，她的声音像银铃样，轻轻地摇着，末后宽柔温好，带点回响。她又转身谢谢那个朋友，率真地揽住他的肩膀说："百罗，你永远是那么可爱的一个人。"

她随了我上楼梯，我只觉到奇怪，钟绿在我心里始终成个古典人物，她的实际的存在在此时反觉得荒诞不可信。

我那时是个穷学生，和一个同学住一间不甚大的屋子，却巧同房的那几天回家去了。我还记得那晚上我在她的书桌上，开了她那盏非常得意的浅黄色灯，还用了我们两人共用的大红浴衣铺在旁边大椅上，预备看书时盖在腿上当毯子享用。屋子的布置本来极简单，我们曾用尽苦心把它收拾得还有几分趣味：衣橱的前面我们用一大幅黑色带金线的旧锦挂上，上面悬着一副我朋友自己刻的金色美人面具，旁边靠墙放两架睡榻，罩着深黄的床幔，和一些靠垫，两榻中间隔着一个薄纱的东方式屏风。窗前一边一张书桌，各人有个书架，几件心爱的小古董。

整个房子的神气还很舒适，颜色也带点古黯神秘。钟绿进房来，我就请她坐在我们唯一的大椅上，她把帽子外衣脱下，顺手把大红浴衣披在身上说："你真能让我独占这房里唯一的宝座么？"不知为什么，听到这话，我怔了一下，望着灯下披着红衣的她。看她里面本来穿的是一件古铜色衣裳，腰里一根很宽的铜质软带，一边臂上似乎套着两三副细窄的铜镯子，在那红色浴衣掩映之中，黑色古锦之前，我只觉到她由脸至踵有种神韵，一种名贵的气息和光彩，超出寻常所谓美貌或是漂亮。她的脸稍带椭圆，眉目清扬，有点儿南欧曼达娜的味道；眼睛清棕色，虽然甚大，却微微有点羞涩。她的头脸、耳、鼻、口唇、前颈和两只手，则都像雕刻过的形体！每一面和他一面交接得那样清晰，又那样柔和，让光和影在上面活动着。

我的小铜壶里本来烧着茶，我便倒出一杯递给她。这回她却怔了说："真想不到这个时候有人给我茶喝，我这回真的走到中国了。"我笑了说："百罗告诉我你喜欢到井里汲水，好，我就喜欢泡茶。各人有她传统的嗜好，不容易改掉。"就在那时候，她的两唇微微地一抿，像朵花，由含苞到开放，毫无痕迹的轻轻地张开，露出那一排贝壳般的牙齿，我默默地在心里说，我这一生总可以说真正地见过一个称得起美人的人物了。

"你知道，"我说，"学校里谁都喜欢说起你，你在我心里简直是个神话人物，不，简直是古典人物，今天你的来，到现在我还信不过这事的实在性！"

她说："一生里事大半都好像做梦。这两年来我飘泊惯了，今天和明天的事多半是不相连续的多；本来现实本身就是一串不一定能连续而连续起来的荒诞。什么事我现在都能相信得过，尤其是此刻，夜这么晚，我把一个从来未曾遇见过的人的清静打断了，坐在她屋里，喝她几千里以外寄来的茶！”

那天晚上，她在我屋子里不止喝了我的茶，并且在我的书架上搬弄了我的书，我的许多相片，问了我一大堆的话，告诉我她有个朋友喜欢中国的诗——我知道那就是那青年作家，她的情人，可是我没有问她。她就在我屋子中间小小灯光下愉悦地活动着，一会儿立在洛阳造像的墨拓前默了一会，停一刻又走过，用手指柔和地，顺着那金色面具的轮廓上抹下来。她搬弄我桌上的唐陶俑和图章，又问我壁上铜剑的铭文。纯净的型和线似乎都在引逗起她的兴趣。

一会儿她倦了，无意中伸个懒腰，慢慢地将身上束的腰带解下，自然地，活泼地，一件一件将自己的衣服脱下，裸露出她雕刻般惊人的美丽。我看着她耐性地，细致地，解除臂上的铜镯，又用刷子刷她细柔的头发，来回地走到浴室里洗面又走出来。她的美当然不用讲，我惊讶的是她所有举动，全个体态，都是那样的有个性，奏着韵律。我心里想，自然舞蹈班中几个美体的同学，和我们人体画班中最得意的两个模特，明蒂和苏茜，她们的美实不过是些浅显的柔和及妍丽而已，同钟绿直无法比较得来。我忍不住兴趣地直爽地笑对钟绿说：

“钟绿你长得实在太美了，你自己知道么？”

她忽然转过来看了我一眼，好脾气地笑起来，坐到我床上。

“你知道你是个很古怪的小孩子么？”她伸手抚着我的头后，（那时我的头是低着的，似乎倒有点难为情起来。）“老实告诉你，当百罗告诉我，要我住在一个中国姑娘的房里时，我倒有些害怕，我想着不知道我们要谈多少孔夫子的道德，东方的政治，我怕我的行为或许会触犯你们谨严的佛教！”

这次她说完，却是我打个呵欠，倒在床上好笑。

她说：“你在这里原来住得还真自由。”

我问她是否指此刻我们不拘束的行动讲。我说那是因为时候到底是半夜了，房东太太在梦里也无从干涉，其实她才是个极宗教的信徒，我平日极平常地画稿，拿回家来还曾经惊着她的腼腆。男朋友从来只到过我楼梯底下的，就是在楼梯边上坐着，到了十点半，她也一定咳嗽的。

钟绿笑了说：“你的意思是从孔子庙到自由神中间并无多大距离！”

那时我睡在床上和她谈天，屋子里仅点一盏小灯。她披上睡衣，替我开了窗，才回到床上抱着膝盖抽烟，在一小闪光底下，她啾着嘴喷出一个一个的烟圈，我又疑心我在做梦。

“我顶希望有一天到中国来，”她说，手里搬弄床前我的夹旗袍，“我还没有看见东方的莲花是什么样子。我顶爱坐帆船了。”

我说：“我和你约好了，过几年你来，挑个山茶花开遍了时节，我给你披上一件长袍，我一定请你坐我家乡里最浪漫的帆船。”

“如果是个月夜，我还可以替你调一曲希腊的弦琴。”

“也许那时候你更愿意死在你的爱人怀里！如果你的他也来。”我逗着她。

她忽然很正经地却用最柔和的声音说：“我希望有这福气。”

就这样说笑着，我蒙眬地睡去。

到天亮时，我觉得有人推我，睁开了眼，看她已经穿好了衣裳，收拾好皮包，俯身下来和我作别。

“再见了，好朋友，”她又淘气地抚着我的头，“就算你做个梦吧。现在你信不信昨夜答应过人，要请她坐帆船？”

可不就像一个梦，我眯着两只眼，问她为何起得这样早。她告诉我要赶六点十分的车到乡下去，约略一个月后，或许回来，那时一定再来看我。她不让我起来送她，无论如何要我答应她，等她一走就闭上眼睛再睡。

于是在天色微明中，我只再看到她歪着一顶帽子，倚在屏风旁边妩媚地一笑，便转身走出去了。一个月以后，她没有回来，其实等到一年半后，我离开 ×× 时，她也没有再来过这城的。我同她的友谊，就仅仅限于那么一个短短的半夜，所以那天晚上是我第一次，也就是最末次，会见了钟绿。但是即使以后我没有再得到关于她的种种悲惨的消息，我也知道我是永远不能忘记她的。

那个晚上以后，我又得到她的消息时，约在半年以后，百罗告诉我说：

“钟绿快要出嫁了。她这种的恋爱真能使人相信人生还有点意义，世界上还有一点美存在。这一对情人上礼拜堂去，的确要算上帝的荣耀。”

我好笑忧郁的百罗说这种话，却是私下里也的确相信钟绿披上长纱会是一个奇美的新娘。那时候我也很知道一点新郎的样子和脾气，并且由作品里我更知道他留给钟绿的情绪，私下里很觉到钟绿幸福。至于他们的结婚，我倒觉得很平凡；我不时叹息，想象到钟绿无条件地跟着自然律走，慢慢地变成一个妻子，一个母亲，渐渐离开她现在的样子，变老，变丑，到了我们从她脸上身上再也看不出她现在的雕刻般的奇迹来。

谁知道事情偏不这样的经过，钟绿的爱人竟在结婚的前一星期骤然死去，听说钟绿那时正在试着嫁衣，得着电话没有把衣服换下，便到医院里晕死过去在她未婚新郎的胸口上。当我得到这个消息时，钟绿已经到法国去了两个月，他的情人也已葬在她们本来要结婚的礼拜堂后面。

因为这消息，我却时常想起钟绿试装中世纪尼姑的故事，有点儿迷信预兆。美人自古薄命的话，更好像有了凭据。但是最使我感恸的消息，还在此后两年多。

当我回国以后，正在家乡游历的时候，我接到百罗一封长信，我真是没有想到钟绿竟死在一条帆船上。关于这一点，我始终疑心这个场面，多少有点钟绿自己的安排，并不见得完全出自偶然。那天晚上对着一江清流，茫茫暮霭，我独立在岸边山坡上，看无数小帆船顺风飘过，忍不住泪下如雨，坐下哭了。

我耳朵里似乎还听见钟绿银铃似的温好的声音说："就算你做个梦，现在你信不信昨夜答应过请人坐帆船？"

吉 公

二三十年前，每一个老派头旧家族的宅第里面，竟可以是一个缩小的社会；内中居住着种种色色的人物，他们错综的性格、兴趣和琐碎的活动，或属于固定的，或属于偶然的，常可以在同一个时间里，展演如一部戏剧。

我的老家，如同当时其他许多家庭一样，在现在看来，尽可以称它做一个旧家族。那个并不甚大的宅子里面，也自成一种社会缩影。我同许多小孩子既在那中间长大，也就习惯于里面各种错综的安排和纠纷；像一条小鱼在海滩边生长，习惯于种种螺壳、蛤蜊、大鱼、小鱼，司空见惯，毫不以那种戏剧性的集聚为稀奇。但是事隔多年，有时反复回味起来，当时的情景反倒十分迫近。眼里颜色浓淡鲜晦，不但记忆浮沉驰骋，情感竟亦在不知不觉中重新伸缩，仿佛有所活动。

不过那大部的戏剧此刻却并不在我念中，此刻吸引是我回想的仅是那大部中一小部，那错综的人物中一个人物。

他是我们的舅公，这事实是经“大人们”指点给我们一群小孩子知道的。于是我们都叫他做“吉公”，并不疑问到这事实的确实性。但是大人们却又在其他的时候里，间接地或直接地，告诉我们，他并不是我们的舅公的许多话！凡属于故事的话，当然都更能深入孩子的记忆里，这舅公的来历，就永远地在我们心里留下痕迹。

“吉公”是外曾祖母抱来的儿子；这故事一来就有些曲折，给孩子们许多想象的机会。外曾祖母本来自己是有个孩子的，据大人们所讲，他是如何的聪明，如何的长得俊！可惜在他九岁的那年一个很热的夏天里，竟然“出了事”。故事是如此的：他和一个小朋友，玩着抬起一个旧式的大茶壶桶，嘴里唱着土白的山歌，由供着神位的后厅抬到前面正厅里去……（我们心里在这里立刻浮出一张鲜明的图画：两个小孩子，赤着膊；穿着挑花大红肚兜，拾着一个朱漆木桶；里面装着一个白锡镶铜的大茶壶；多少两的粗茶叶，泡得滚热的。）但是悲剧也就发生在这幅图画后面，外曾祖父手里拿着一根旱烟管，由门后出来，无意中碰倒了一个孩子，事儿就坏了！那无可偿补的悲剧，就此永远嵌进那温文儒雅读书人的生命里去。

这个吉公用不着说是抱来替代那惨死去的聪明孩子的。但这是又过了十年，外曾祖母已经老了，祖母已将出阁时候的事。讲故事的谁也没有提到吉公小时是如何长得聪明美丽的话。如果讲到吉公小时的情形，且必用一点叹息的口气说起这吉公如何的顽皮，如何的不爱念书，尤其是关于学问是如何的没有兴趣，长大起来，他也始终不能去参加他们认为光荣的考试。

就一种理论讲，我们自己既在那里读书学做对子，听到吉公不会这门事，在心理上对吉公发生了一点点轻视并不怎样不合理。但是事实上我们不止对他的感情总是那么柔和，时常且对他发生不少的惊讶和钦佩。

吉公住在一个跨院的旧楼上边。不止在现时回想起来，那地方是个浪漫的去处，就是在当时，我们也未尝不觉到那一曲小小的旧廊，上边斜着吱吱哑哑的那么一道危梯，是非常有趣味的。

我们的境界既被限制在一所四面有围墙的宅子里，那活泼的孩子心有时总不肯在单调的生活中磋磨过去，故必定竭力地，在那限制的范围以内寻觅新鲜。在一片小小的地面上，我们认为最多变化，最有意思的，到底是人：凡是有人住的，无论哪一个小角落里，似乎都藏着无数的奇异，我们对它便都感着极大兴味。所以挑水老李住的两间平房，远在菜园子的后门边，和退老的老陈妈所看守的厨房以外一排空房，在我们寻觅新鲜的活动中，或可以说长成的过程中，都是绝对必需的。吉公住的那小跨院的旧楼，则更不必说了。

在那楼上，我们所受的教育，所吸取的知识，许多确非负责我们教育的大人们所能想象得到的。随便说吧，最主要的就有自鸣钟的机轮的动作，世界地图，油画的外国军队军舰和照相技术的种种，但是最要紧的还是吉公这个人，他的生平，他的样子，脾气，他自己对于这些新知识的兴趣。

吉公已是中年人了，但是对于种种新鲜事情的好奇，却还活像个孩子。在许多人跟前，他被认为是个不读书不上进的落魄者，所以在举动上，在人前时，他便习惯于惭愧、谦卑、退让、拘束的神情，唯独回到他自己的旧楼上，他才恢复过来他种种生成的性格，与孩子们和蔼天真的接触。

在楼上他常快乐地发笑；有时为着玩弄小机器一类的东西，他还会带着嘲笑似的，骂我们迟笨——在人前，这些便是绝不可能的事。用句现在极普通的语言讲，吉公是个有“科学的兴趣”的人，那个小小楼屋，便是他私人的实验室。但在当时，吉公只是一个不喜欢做对子读经书的落魄者，那小小角隅实是祖母用着布施式的仁慈和友爱的含忍，让出来给他消磨无用的日月的。

夏天里，约略在下午两点的时候。那大小几十口复杂的家庭里，各人都能将他一份事情打发开来，腾出一点时光睡午觉。小孩们有的也被他们母亲或看妈抓去横睡在又热又闷气的床头一角里去。在这个时候，火似的太阳总显得十分寂寞，无意义地罩着一个两个空院；一处两处洗晒的衣裳；刚开过饭的厨房；或无人用的水缸。在清静中，喜鹊大胆地飞到地面上，像人似的来回走路，寻觅零食，花猫黄狗全都蜷成一团，在门槛旁把头睡扁了似的不管事。

我喜欢这个时候，这种寂寞对于我有说不出的滋味，饭吃过，随便在哪个阴凉处呆着，用不着同伴，我就可以寻出许多消遣来。起初我常常一人走进吉公的小跨院里去，并不为的找吉公，只站在门洞里吹穿堂风，或看那棵大柚子树的树阴罩在我前面来回地摇晃。有一次我满以为周围只剩我一人的，忽然我发现廊下有个长长的人影，不觉一惊。顺着人影偷着看去，我才知道是吉公一个人在那里忙着一件东西。他看我走来便向我招手。

原来这时间也是吉公最宝贵的时候，不轻易拿来糟蹋在午睡上面，我同他的特殊的友谊便也建筑在这点点同情上。他告我他私自学会了照相，家里新买到一架照相机已交给他尝试。夜里，我是看见过的，他点盏红灯，冲洗那种旧式玻璃底片，白日里他一张一张耐性地晒片子，这还是第一次让我遇到！那时他好脾气地指点给我一个人看，且请我帮忙，两次带我上楼取东西。平常孩子们太多他没有工夫讲解的道理，此刻慢吞吞地也都和我讲了一些。

吉公楼上的屋子是我们从来看不厌的，里面东西实在是不少，老式钟表就有好几个，都是亲戚们托他修理的，有的是解散开来卧在一个盘子里，等他一件一件再细心地凑在一起。桌上竟还放着一副千里镜，墙上满挂着许多很古怪翻印的油画，有的是些外国皇族，最多还是有枪炮的普法战争的图画，和一些火车轮船的影片以及大小地图。

“吉公，谁教你怎么修理钟的？”

吉公笑了笑，一点不骄傲，却显得更谦虚的样子，努一下嘴，叹口气说：“谁也没有教过吉公什么。”

“这些机器也都是人造出来的，你知道！”他指着自鸣钟，“谁要喜欢这些东西尽可拆开来看看，把它弄明白了。”

“要是拆开了还不大明白呢？”我问他。

他更沉思地叹息了。

“你知道，吉公想大概外国有很多工厂教习所，教人做这种灵巧的机器，凭一个人的聪明一定不会做得这样好。”说话时吉公带着无限的怅惘。我却没有听懂什么工厂什么教习所的话。

吉公又说：“我那天到城里去看一个洋货铺，里面有个修理钟表的柜台，你说也真奇怪，那个人在那里弄个钟，许多地方还没有吉公明白呢！”

在这个时候，我以为吉公尽可以骄傲了，但是吉公的脸上此刻看去却更惨淡，眼睛正望着壁上火轮船的油画看。

“这些钟表实在还不算有意思。”他说：“吉公想到上海去看一次火轮船，那种大机器转动起来够多有趣？”

“伟叔不是坐着那么一个上东洋去了么？”我说：“你等他回来问问他。”

吉公苦笑了。“傻孩子，伟叔是读书人，他是出洋留学的，坐到一个火轮船上，也不到机器房里去的，那里都是粗的工人伙夫等管着。”

“那你呢？难道你就能跑到粗人伙夫的机器房里去？”孩子们受了大人影响，怀疑到吉公的自尊心。

“吉公喜欢去学习，吉公不在乎那些个。”他笑了。看看我为他十分着急的样子，忙把话转变一点安慰我说：“在外国，能干的人也有专管机器的，好比船上的船长吧，他就也得懂机器还懂地理。军官吧，他就懂炮车里机器，尽念古书不相干的，洋人比我们能干，就为他们的机器……”

这次吉公讲的话很多，我都听不懂，但是我怕他发现我太小不明白他的话，以后不再要我帮忙，故此一直勉强听下去，直到吉公记起廊下的相片，跳起来拉了我下楼。

又过了一些日子，吉公的照相颇博得一家人的称赞，尤其是女人们喜欢得了不得。天好的时候，六婶娘找了几位妯娌，请祖母和姑妈们去她院里照相。六婶娘梳着油光的头，眉目细细的、淡淡的画在她的白皙脸上，就同她自己画的兰花一样有几分勉强。她的院里有几棵梅花几竿竹，一个月门，还有一堆假山，大家都认为可以入画的景致。但照相前，各人对于陈设的准备，也和吉公对于照相机底片等等的部署一般繁重。婶娘指挥丫头玉珍，花匠老王，忙着摆茶几，安放细致的水烟袋及茶杯前面还要排着讲究的盆花，然后两旁列着几张直背椅，各人按着辈分岁数各个坐成一个姿势，有时还拉着一两个孩子做衬托。

在这种时候，吉公的头与手在他黑布与机器之间耐烦地周旋着。周旋到相当时间，他认为已到达较完满的程度，才把头伸出观望那被摄影的人众。每次他有个新颖的提议，照相的人们也就有说有笑得起劲。这样祖母便很骄傲起来，这是连孩子们都觉察得出的，虽然我们当时并未了解她的许多伤心。吉公呢，他的全副精神却在那照相技术上边，周围的空气人情并不在他注意中。等到照相完了，他才微微地感到一种完成的畅适，兴头地肩着照相机，带着一群孩子回去。

还有比这个严重的时候，如同年节或是老人们的生日，或宴客，吉公的照相职务便更为重要了。早上你到吉公屋里去，便看得到厚厚的红布黑布挂在窗上，里面点着小红灯，吉公驼着背在黑暗中来往地工作。他那种兴趣、勤劳和认真，现在回想起来，我相信如果他晚生了三十年，这个社会里必定会有他一个结实的地位的。照相不过是他当时一个不得已的科学上活动，他对于其他机器的爱好，却并不在照相以下。不过在实际上照相既有所贡献于接济他生活的人，他也只好安于这份工作了。

另一次我记得特别清楚，我那喜欢兵器武艺的祖父，拿了许多所谓“洋枪”到吉公那里，请他给揩擦上油。两人坐在廊下谈天，小孩子们也围上去。吉公开一瓶橄榄油，扯点破布，来回地把玩那些我们认为颇神秘的洋枪，一边议论着洋船、洋炮，及其他洋人做的事。

吉公所懂得的均是具体知识，他把枪支在手里，开开这里，动动那里，演讲一般指手画脚讲到机器的巧妙，由枪到炮，由炮到船，由船到火车，一件一件。祖父感到惊讶了，这已经相信维新的老人听到吉公这许多话，相当地敬服起来，微笑凝神地在那里点头领教。大点的孩子也都闻所未闻地睁大了眼睛；我最深的印象便是那次祖父对吉公非常愉悦的脸色。

祖父谈到航海，说起他年轻的时候，极想到外国去，听到某处招生学洋文，保送到外洋去，便设法想去投考。但是那时他已聘了祖母，丈人方面得到消息大大的不高兴，竟以要求退婚要挟他把那不高尚的志趣打消。吉公听了，黯淡地一笑，或者是想到了他自己年少时多少的梦，也曾被这同一个读书人给毁掉了。

他们讲到苏彝士运河，吉公便高兴地，同情地，把楼上地图拿下来，由地理讲到历史，甲午呀，庚子呀，我都是在那时第一次听到。我更记得平常不说话的吉公当日愤慨地议论，我为他不止一点的骄傲，虽然我不明白为什么他的结论总回到机器上。

但是一年后吉公离开我们家，却并不为着机器，而是出我们意料外的为着一个女人。

也许是因为吉公的照像相当地出了名，并且时常地出去照附近名胜风景，让一些人知道了，就常有人来请他去照像。为着对于技术的兴趣，他亦必定到人家去尽义务地为人照全家乐,或带着朝珠谱褂的单人留影。酬报则时常是些食品果子。

有一次有人请他去，照相的却是一位未曾出阁的姑娘，这位姑娘因在择婿上稍稍经过点周折，故此她家里对于她的亲事常怀着悲观。与吉公认识的是她堂房哥哥，照相的事是否这位哥哥故意地设施，家里人后来议论得非常热烈，我们也始终不得明了。要紧的是，事实上吉公对于这姑娘一家甚有好感，为着这姑娘的相片也颇尽了些职务；我不记得他是否在相片上设色，至少那姑娘的口唇上是抹了一小点胭胭的。

这事传到祖母耳里，这位相信家教谨严的女人便不大乐意起来。她觉得一个未出阁的女子，相片交给一个没有家室的男子手里印洗，是不名誉不正当的。并且这女子既不是和我们同一省份，便是属于“外江”人家的，事情尤其要谨慎。在这纠纷中，我才又得听到关于吉公的一段人生悲剧。多少年前他是曾经娶过妻室的，一位年轻美貌的妻子，并且也生过一个孩子，却在极短的时间内，母子两人全都死去。这事除却在吉公一人的心里，这两人的存在几乎不在任何地方留下一点凭据。

现在这照相的姑娘是吉公生命里的一个新转变，在他单调的日月里开出一条路来。不止在人情上吉公也和他人一样需要异性的关心和安慰，就是在事业的野心上，这姑娘的家人也给吉公以不少的鼓励，至少到上海去看火轮船的梦是有了相当的担保，本来悠长没有着落的日子，现在是骤然地点上希望。虽然在人前吉公仍是沉默，到了小院里他却开始愉快地散步；注意到柚子树又开了花；晚上有没有月亮；还买了几条金鱼养到缸里。在楼上他也哼哼一点调子，把风景照片镶成好看的框子，零整地拿出去托人代售。有时他还整理旧箱子；多少年他没有心绪翻检的破旧东西，现在有时也拿出来放在床上椅背上，尽小孩子们好奇地问长问短，他也满不在乎了。

忽然突兀地他把婚事决定了，也不得我祖母的同意，便把吉期选好，预备去入赘。祖母生气到默不做声，只退到女人家的眼泪里去，呜咽她对于这弟弟的一切失望。家里人看到舅爷很不体面的，到外省人家去入赘，带着一点箱笼什物，自然也有许多与祖母表同情的。但吉公则终于离开那所浪漫的楼屋，去另找他的生活了。

那布着柚子树阴的小跨院渐渐成为一个更寂寞的角隅，那道吱吱哑哑的木梯从此便没有人上下，除却小孩子们有时淘气，上到一半又赶忙下来。现在想来，我不能不称赞吉公当时那一点挣扎的活力，能不甘于一种平淡的现状。那小楼只能尘封吉公过去不幸的影子，却不能把他给活埋在里边。

吉公的行为既是离叛亲族，在旧家庭里许多人就不能容忍这种的不自尊。他婚后的行动，除了带着新娘来拜过祖母外，其他事情便不听到有人提起！似乎过了不久的时候，他也就到上海去，多少且与火轮船有关系。有一次我曾大胆地问过祖父，他似乎对于吉公是否在火轮船做事没有多大兴趣，完全忘掉他们一次很融洽的谈话。在祖母生前，吉公也还有来信，但到她死后，就完全地渺然消失，不通音问了。

两年前我南下，回到幼年居住的城里去，无意中遇到一位远亲，他告诉我吉公住在城中，境况非常富裕；子女四人，在各个学校里读书，对于科学都非常嗜好，尤其是内中一个，特别聪明，屡得学校奖金等等。于是我也老声老气地发出人事的感慨。如果吉公自己生早了三四十年，我说，我希望他这个儿子所生的时代与环境合适于他的聪明，能给他以发展的机会不再复演他老子的悲剧。并且在生命的道上，我祝他早遇到同情的鼓励，敏捷地达到他可能的成功。这得失且并不仅是吉公个人的，而可以计算作我们这老朽的国家的。

至于我会见到那六十岁的吉公，听到他离开我们家以后一段奋斗的历史，这里实没有细讲的必要，因为那中年以后，不经过训练，自己琢磨出来的机器师，他的成就必定是有限的。纵使他有相当天赋的聪明，他亦不能与太不适当的环境搏斗。由于爱好机器，他到轮船上做事，到码头公司里任职，更进而独立地创办他的小规模丝织厂，这些全同他的照相一样，仅成个实际上能博取物质胜利的小事业，对于他精神上超物质的兴趣，已不能有所补助，有所启发。年老了，当时的聪明一天天消失，所余仅是一片和蔼的平庸和空虚。认真地说，他仍是个失败者。如果迷信点的话，相信上天或许要偿补给吉公他一生的委曲，这下文的故事，就该应在他那个聪明孩子和我们这个时代上。但是我则仍然十分怀疑。

路 路

季 康

天漆黑，风越刮越大，宿舍都有点摇动。路路闷坐在灯下发愁，咬着一股卷曲的鬓发，反复地想，不知怎样好。随手扯了四方小纸，把心事写上，揉成团儿，两手捧着摇，心里默默祷告：四个纸团，包含两个问题，如神明有灵，该一个问题，拈着一个解答。路路把纸撒在桌上，恭恭敬敬，拈了两个。打开看，第一个“答应Tommy”。路路嘴角往上一动，漾出一丝微笑。再打开第二个，却是“不答应Tommy”神明也决不定了。还是没明白路路的意思？路路咬咬嘴唇，再把纸团摇乱，重新默默解释了一遍，再拈两个。这回是“Tommy明天来”“T，明天不来”，路路可不耐烦了，一顿儿把纸团扭碎，伏在桌上赌气，听听风，那么大，天更冷了，T明天还冒着风出城看她？昨天电话，不该那样决绝。

忽然路路惊跳一下，门上重重两声，林妈莽撞地推开了门进来。

“张小姐，王先生找。”

可是路路早洗过脸了，擦了满脸cold cream，眉都擦掉了，况且心上也不耐烦。林妈陪笑说："张小姐，请您下去吧，王先生一脸都是血呢。"路路听说吓一大跳，赶忙擦脸，画眉，慌慌张张，走到楼梯边，方发现自己还穿着拖鞋，又急忙转回房中换鞋。

小王摔跤了，下火车，天已经黑了，风又大，洋车翻身，小王磕掉了两个门牙，颊上磕了三个洞，满脸泥和血，嘴唇又紫又肿，路路慌了手脚没办法。还是小王勉强打电话找他的朋友。路路跟他们上了医院，乱了好一阵，闷闷地回来。

都因为赶忙来看路路，小王摔得那么厉害。小王的朋友看着他点头叹气，路路怎么不觉得，这分明是可怜小王，受了她玩弄。路路本来也可怜小王，就为这一声叹息，心头愤愤，有些恨小王。谁请他来了？谁请他来了？可是路路到底又心软，小王像小孩子似的真心。路路好像也喜欢他，就是嫌他略矮了一点，自己是个长条儿，跟他走在一起，娘带儿子似的，人家笑。

路路仿佛觉得自己更喜欢T。他不知怎么的，叫人撇不下。可是家里嫌他穷，母亲说学化学的一辈子不能做官，小王是学政治的，他父亲现在就是个大官，家里又有钱，小王脾气又好。路路和亲母一样，都是官太太的命，路路自己也想，如果嫁了T，简直同命运打仗，不对。况且路路还想出洋呢！等美国的那免费学额弄成，（路路正等着同音，）路费零用，父亲早允许了的，出了洋，谁还说得定！

路路和小王差些些儿订婚了。小王不远千里地到路路家去看过她父亲，还中意。只嫌他少些丈夫气概。她母亲说不要紧，将来到三四十岁，留了胡子就神气了。路路喜欢他有趣。和他一起玩，不会厌。从前他们同学的时候，两人就是在溜冰场上玩熟的。他们玩了一暑假，照了好些相。小王在照片后面，细细密密记着好些不告诉第三人的记忆。路路又说小王真心，小王矮，路路也忘了。可是，一开学，T又来找路路。不知怎么的，T就叫人撇不下。小王又待她这样好。真是愁死了路路。怎么办呢？留心着，这礼拜天跟T玩，下礼拜天跟小王玩，他们还尽吃醋，这礼拜该小王来了，可是路路心上有事，在等着T。

因为上礼拜她跟T吵架了。也不是吵架，T又向路路求婚，路路还是说“不知道”。真的路路不知道。T说路路要他。问了两年总说不知道。不爱他，就别理他，大家撒开手。路路哭了。路路说：“又没请你来。”T静静地等路路哭完，客客气气地向路路告辞一声，就走了。T总是这样的，叫人又恨他，又怕他，过几天，又连连地打电话说要来（T从不肯请罪的）。路路赌气，说有事，不要他来，不过——如果骂他不要他来，他还来，不显得他更真心？所以路路在等。

第二天风更大了。路路没精打采，胭脂也懒得擦，胡乱抹些粉，也不穿高跟，随便穿双青缎面薄底绣花鞋儿，懒洋洋的下楼去弹琴。不想才下了半楼，就看见T高大的背影，在和林妈说话。他来了，路路倒又不高兴见他。扭转身想上楼，林妈却嚷了出来，“可不是张小姐下来了！”接着T也回过身来，路路想起前星期的事不免又生气，咬着嘴唇，用那双善于瞪人窘人的大眼，瞪了T两眼，无限委屈似的一步步挨下楼来。

T冷冷地说：“有事吧？”路路不理，两人默然进了会客室，路路坐下看着地毡，T坐在旁边看着路路的侧面，大家不说话，窗外呼呼的大风，震得窗户格楞格楞响。路路心想，小王为她摔掉了牙，满脸紫肿得不能见人，自己却陪T玩，心上七上八下的不安宁。面对着这一个，却觉得对不过另外一个。心上一乱，胃里又隐隐作痛。路路委屈地想：“你说我要你，你知道我为你们流了多少泪，吃不下饭，睡不着觉。我说胃痛，你还笑，说我是孩子，哪来这大人的病……”T的脚尖在地毡上按拍地点着，路路回过脸，T的目光正锋利地射着她，路路最爱他的眼睛，会说话，也顶怕他的眼睛像一根冷刺，不易拔掉。因此避开目光，垂下眼皮弄手绢儿，T偏会赌气，尽看她，尽不说话，路路更怕他不说话，也不肯照旧例开口问声“看我什么？”心里乱乱的，小蚂蚁各处爬浑身不自然。

又是林妈推门进来。

“张小姐，王先生电话。”

路路站起了身子。T是醋罐子，也站了起来。

“对不起，打搅了。”拿起帽子，一躬身，一阵风走了。

路路满肚子气，手抖抖地拿起听筒，对方却是女子口音，是小王的表妹代打的，怒冲冲的声音，通知路路小王在发了烧，又气急声促地问：“小王摔得那么狠，怎么回事儿？”

“怎么回事儿！我知道么！”路路大怒，抨一声按上听筒愤愤上楼去躺着生气。

T却不回来；有这种没道理的人，巴巴地冒风出城来，一句话不说又走了。这一走，一辈子也别再来！——只怕真的不来了。路路越想越恨，又怨T无情，又愁T真的从此不理她了。想起这位小王的表妹，恨得牙痒痒的，暑假造谣说她跟小王订婚了，说她爱小王有钱，大概是她，一定是她。这会子，又要她城里赶来，管闲事讨好。

不到五分钟，林妈又来了。送了一个纸条儿，小王在医院写的。请路路去看看他。路路想，也许那表妹没走呢；也许T回来呢？可是不能不去，路路起来拢拢头发，抹了两颊黄胭脂，失魂落魄地撞了出去。

那表妹已经走了，小王靠在软枕上，拉路路在床头矮凳上坐下。捏住她的手，喃喃不清地诉苦。路路看他没了门牙的嘴，紫肿的唇，颊上贴了橡皮膏纱布，这张脸越发显得可笑。小王数落着抽抽噎噎地哭起来了。简直像个孩子，怪可怜的，可是路路又忍不住要笑，又觉得害羞。又怕给人撞见，怪不好意思的。看看他哭，觉得自己心太硬。挤挤眼睛半滴水也没有，路路心上抱歉。好容易小王不哭了，路路忙倒给他一杯白水吃。小王接了杯子，感激地望着路路笑了。两人很快乐地消磨了一个上午。

回来问问林妈，T竟没有再来，等他电话，也没有。一天，两天，毫无音信，一个铅锤子搁在心上，挪移不开。小王走，也没送。第三天，才接到T寄来双挂号的小包。路路脸色一变，拿了包飞跑上楼，锁上房门。完了！一切完了！T把她的信都退回来了。拆开看，果然。英文信中文信总共一二十封。路路不爱写信。写，也只寥寥几语。看看信全在里边了。路路心直往下沉。身子疲软。伏在枕上，呜呜咽咽哭起来。想起许多亲密的往事。T粗暴得可爱，奇怪的，他又能体贴入微，去年病后回家，T替她整理小皮，包药棉，纱布，火酒，橡皮膏，药水，药片……多么齐整，多么完备。完了，现在都完了，剩下的只是一个空空洞洞的心。大颗泪珠源源不绝地滚出来，把枕头湿了碗大一块。起来照照镜子，可怜，几天来寝食不安，脸都黄瘦了。T丢了她！不理她了！失恋，悲剧的主角……路路对着镜子，又悲泣起来。泪痕满面地翻开那些金边洋信纸，看见自己写的称呼，又忍不住滚下泪来，狠心狠心的T！路路由怨而恨，拿出T的小照，剪个粉碎。两张大的却舍不得剪，叹了一声，塞在抽屉底里。可怜路路，什么也不想吃。

明天是假期，路路清早就起来，洗了脸，对着镜子，擦了两层粉，细细地匀上胭脂，画好眉，涂了口红，换一件深红绒袍，进城去看表姐。表姐同 T 是同学，T 和路路认识，就是表姐介绍的。

路路到了表姐那儿，表姐照例打电话找 T，T 冷冷地回说有事，路路又生气，怪表姐打了电话。盘问路路又是怎么回事，路路就瞪着大眼生气，再打电话给 T，回说有事出去了。表姐没办法，回房和路路对坐着闷闷地嗑瓜子。

一会儿，老妈子上来通知，T 在会客室等着她们。表姐笑着把路路拉下楼，推进会客室，自己不进去，站在门口，听见路路抖声说："我不懂，你算什么意思？"接着听见 T 轻轻过来，关上门。表姐就回房，写自己的情书去了。

好久好久，路路很轻快的脚步上楼，小鸟儿似的飞进房来，两颊红晕，嘴角抖着余笑，问她话，支支吾吾地不肯说。躺上床去装睡，半晌，路路坐起来，告诉表姐，明天要回家。

"回家？"

路路笑着点头，表姐对她看了好久，疑疑惑惑地说：

"反正也弄不明白你们的事，几时出来？——请我们吃蜜糕咧？"

路路嘴角往上一卷，满脸甜笑。停一会，很正经地说："家里通不过，我不出来了。"

表姐笑了。"别装腔，姑夫什么不依你，姑母不赞成，也不过嘴里说。你一定要，他们又怎么！况且他们也没见过，见一见，保管越看越有趣呢！不过，哼，路路，你的洋可出不成啊！”路路认真了，张大了眼。表姐忍笑说：“少瞪眼吧，回头出了洋，把那群留学生都瞪糊涂了，把你当做奶油咖啡糖，分分吞下肚去！可不是T要不敢放你出洋了！”路路心上快活，啐了一声，又卷起嘴角笑了。明天T要送她上车，约定到家就写信。

晚上八点，路路回宿舍。林妈说王先生空来了几趟，留下两包东西送她。路路把东西拿上楼，打开看看，一包是一匣糖，另一包是一大块百果糕。都不想吃。路路先去洗了脸，换了衣裳。想想明天回家，这块糕还是送人吃了吧，取下交给林妈，叫她搁在厨房，明天蒸了请赵小姐钱小姐吃。她明天要回家呢。正说着，林妈向她身后努嘴，一回身，原来是小王站在背后摆手，一脸的笑。

“路路你好！约定了今天吃饭的，怎么躲了？”小王嘴已不肿，只是牙没镶好，说话有点漏风。

果然，怎忘了？路路不好意思，瞪瞪眼说：“谁答应你了？人家有事。”说着话，两人已进了会客室。

“研究$C_6H_{12}O_6$去了？”小王话里酸酸的。

路路瞪了他一眼，“我找表姐！”

“你明天回家呢？”

“谁说？”

“才将你不是在说？”

路路不能赖，忍笑把脸一板，“回家有事。”

“什么事？能问么？”

路路嘴角往上一卷，甜蜜地一笑：“大事！”

“一个人走么，那个表姐送？”

路路知道‘表姐’指谁，赌气说一个人走，没人送。

“小姐，我能送您么？”小王开玩笑，半站起，半弓着身子，两个眼睛，像讨肉吃的小狗那样。路路看他笑得鼻子眼睛都凑在一块儿，嘻着没牙齿的嘴，心里起了一阵说不出的感觉，不自主地坐得远了些。路路不耐烦地请他别送，说有赵小姐陪她进城呢。

“那我上车站等你。”

扭缠不过，路路只得告诉他上午十时车走。不过再三再四请他不要送。

小王叫路路早早睡，满脸笑容地走了。

第二天，小王一早赶进城。买了好些水果点心糖食罐头，就到车站等候。左等右等，不见路路影儿。看看钟，只差六七分了。心里焦急，又怕路路早已上了车。叫脚夫拿了东西上车厢里去找。找遍了头二等，没路路影子。难道坐三等？火车轮子已经动了。小王想，还是补票到丰台吧。于是捧了匣儿罐儿，提着两大蒲包的水果，从第一节火车找起，找到末一节。三等车里找着了一个老同学说是和路路一个汽车进城的，看见路路在 × 大学下的车。× 大学！可不是去看 T 了。小王细细一想，恍然大悟。一抖气，也不下车，直接回 ××

去了。

路路是下午五点车动身的。

回家以后，父亲母亲都很奇怪，路路也不知道怎么开口，只说赶回家过旧历年。一转眼，一星期过去了，路路也不知道怎么写信告诉T，愁得没办法，幸亏T连来了两封信，母亲看见了×校的信封就问："你还跟那个化学来往么？"这样谈起了这问题。

父亲还是上次的见解，女儿如看清楚了喜欢谁，他并不反对。只是不要糊糊涂涂地为这件事着了迷，分不清好坏。母亲也这样说。母亲说那种男人会迷人的。迷昏了，觉得他一举一动都是好的。将来看穿了一辈子受气，况且路路是吃用惯的。那次手边没多带钱，没让路路吃冰，回来还发了半天脾气呢。这是一辈子的事。别昏了头，懊悔也来不及的。

路路回家了这许多天，心里清楚多了，听了母亲的话更清醒了，可不是给迷糊涂了。T有什么好？嫁他些什么？真的，越想越觉得自己糊涂了。小王的性子，就比T好得多。以前功课不错，现在做事也不坏，将来跟他一块儿过，一定顶舒服顶随心的，不像T那样硬脾气，爱使性子。路路对父亲母亲说，从此远着T了。可是他们的意思，还要女儿出去，可以和小王接近些。路路也恐怕匆匆离校人家要造她什么谣言，于是打了个电报叫表姐接，冒着冷，再不远千里地赶回学校。

车站上，只T一人在接。表姐叫他接的。T意定事情圆满，喜冲冲地一把捏紧了路路的手，埋怨她不早些日子写信。路路避开了他的目光，局促不安。T忙忙地招呼脚夫搬东西到汽车上去，扶路路上车，问她累得怎么样，坐舒服没有。路路心不在焉地勉强敷衍，T只当她累得没精神了。汽车快到学校时，路路照着父亲教她的话对T说："请不要再来看我，那些问题都谈不到，我还要念书呢。"T呆了，手都冷了，半晌，叹了口气，想说什么，又咽下了，脸上结了一层冰，两人都默默。直到车停，T帮她搬出东西，强笑着点点头说声再会，转身就走了。

路路心上不安宁，再想想，多少事也对不过小王。也许和小王好不上了。回到房里，却想不到桌上信堆里赫然有小王的笔迹。"一定埋怨我车站迟到了。只说我误了车。"微笑着拆开信封。怪极了！怪极了！真有这事？小王和他表妹订婚了。真不要脸的贱东西，抢人家的！怪道要造人谣言。路路狠狠地拉起通知帖儿，一扯几块，"人心是这般难测，怪道父亲说我太老实。"又气又羞又恨，路路愤愤地滚出泪来。想想方才T的细心体贴，想想方才对T说的话，十分懊悔，不该早说的。T的脾气决不会再来找她。路路觉得浑身没了着落，吊在半空中。定定神，再细细想想，越觉得无边无际的空虚，思前想后，活着只是没趣。路路怔怔地坐着，心上压得重重的，长叹一声，再把桌上的信一一过目。

路路的手指又抖了。美国来的信，呀！××大学的免费学额成功了，路路快活得心砰砰跳。对镜掠掠头发，照照自己的脸，镜里一对大眼，似笑非笑地瞪着自己。好像不懂事的那样瞪着。能瞪得明白的人也不懂事。路路嘴角往上一卷，满脸甜笑。“路路，不用愁！”“有什么可愁的？”

路路笑着，轻轻地叹了一口气。

九月十九日

这年头

隽 闻

民国二十二年春天，就异常风调雨顺。黑丑怀了满腔的希望，向人借了三十元的行息钱，和邻家搭伙买了头牛，完了上忙的粮，又买了把锄、两把镰，打算好好地耕种他那屡经荒歉所卖剩下的几亩田。

麦收非常丰登，可惜麦价跌落了——去年一斗价一元三角多，今年卖不到七角。黑丑原来还满希望着把麦子粜去还债呢，这一下子，可把他吓呆了。

“麦子不值钱，大秋值钱也行；粜了高粱小米去还债，留着麦子自己吃，……”黑丑就这样，把希望又移到秋收上去了。

秋收仍然非常之好，可以说是十成年头。但是五谷杂粮，样样都跌一半价格。

借的债不能不还，就是家常日用也全是没有洋钱不行：畜口捐，兵差，完下忙的钱粮，油盐……他使着车，载着麦子，赶了好几回集，价钱不用提，贱卖也没有主户收。几次上集，倒给了他老婆小翠一个方便，她坐到集上，一下车就向各处串去，到晌午还不回来。黑丑舍不得在集上吃顿午饭，每集早晚赶回家里来，自己做饭吃，可是他老婆小翠，直到傍晚，才从集上扭回来。

他娶过小翠来也不是一年半载了，谁还不知道谁的性情。不用说，他不敢管她，就管也管不了。黑丑老实得一句责骂人的话都说不出来，光知道低着头子傻干活；小翠呢，就能说能道，没理也说出八分理来，一嚷嚷得半截街都听得见，——这样成习惯后，人也不笑话她，她也就不知道害臊了。秋忙的时候，她从不卖力气干活，见了新下来的瓜果，还得先尝一尝新。

本区警官李文虎，是这个村子里的人。村人都传说小翠和李文虎姘着，可是黑丑也从没有眼见她和李文虎有过什么；不过从一逢赶集就胡逛行为上，已起了些疑问：女人有什么事，老往集上跑？他的闺女大云虽然出嫁了，也不断同她娘赶集逛庙；黑丑觉得这很不对，得有个办法。总想责骂她一次，但是自己的老婆还管不了，哪能再管自己的女儿呢？一想到这里，他就万事皆休，什么也不愤恨了。

为着得筹点现钱，黑丑每天都很发愁，抽着旱烟，坐在屋角隅里，一坐就是一天。小翠很少在屋里，不是到别人家去斗纸牌，就在街上和一群妇人说东道西。忽然有一天，她向他提议道：

“咱们蹲下去等运气，不如开个茶铺吧。”

“好人家谁干这个！”黑丑抽了一口烟，思索了会，才这样答着。

“什么好人家不好人家，穷摆架子！开个茶铺，是丑事吗？你看村东头三疤瘌老升，开了个茶铺，弄得够吃的，够花的，比什么不强！”

黑丑惹不了她，就不言语了。

“咱们用自己的房子，凿个向街门，还可以卖点大碗面，米面又是自己的，获鹿煤也不值钱……”小翠把她的大计划，一直说下去，结末说：“闲着没事做的人，到茶铺里来喝碗茶，斗个小牌，……每月可弄不少的水钱头钱呢。……”

“什么干得干不得？来的都是老乡亲，什么招是惹非，……得了够了，你不干我干。”

“好人干不得，招惹是非！”

黑丑抽着旱烟，很老实地望了小翠一眼。小翠说：

“反正越和你商量越不行。来，咱们想法子盘个炉灶……明天我就到集上赊煤买碗去。……”

黑丑不赞成这件事，就以沉默来反对她。她倒会张罗。不管丈夫怎么样，找了两个邻人帮忙，一切按着她的指挥，当天就动工了。

两天之内，一切都弄成了。黑丑一看这事，是不能不同意了，觉得很生气，不愿意在家里坐着，就到他邻居双起婶家闲坐去了。双起婶是明事守本分的人，黑丑早就信仰她，有什么想不开的事，便向她说道一番。可是这女人却是个人虽在行却无好运气的，丈夫在关外做买卖，以往隔三四年回一趟家，现今关东被日本占据了，音信不通，她丈夫的生死也不明白。手下有一男一女，年纪还都很小，又赶上年月不好，吃的不缺，现钱却无一个。她家里有几亩地，因为人少，多半由黑丑帮忙耕种。这天黑丑来到她家，就将他老婆要开茶铺的事情，向双起婶说了说。

“咳，这年月，什么也论不得！……”她劝他道：“花钱的道多了。挣钱的道没有了。种地人是半年辛苦半年闲。老年上，女人家还可以纺纺线；男人就织布，或是做点小手艺。现在呢？……光在家里闲着，也不是事。……”

“做这玩意，不招惹是非吗？她还……她还……”黑丑想提到另外一件事情上去，找不出合适的话语，便叹了一口气，把烟杆塞进嘴里去了。女人明白那个，便说：

“咳，这年头，谁也说不了谁！……”

晚上黑丑躺在床上，对于老婆的开茶铺，越想越难同意，可是究竟因为什么呢，他也说不出来，只是在心理上非常厌恶。

黑丑想起了父亲传给的捆扫帚这种手艺，还可以挣点钱时，赌气子第二天起了个早，也没有告诉老婆一声，就担起捆扫帚担子到外乡去了。

正在秋后，各村捆扫帚的极多。每捆一把按六个大铜子算。手脚累得发麻，到晚上挣了沉甸甸的一大堆铜子。黑丑提着沉甸甸的铜子，非常喜欢。他想起父亲告诉他说过，老年上捆一把扫帚给二三个小钱，现在呢，哼，核一百二十个钱了。可是晚上一住店，吃了顿饭，一算账，沉甸甸的铜子给了店家一大半。他提着轻了一半的钱袋，有点伤心："这年头，挣钱容易，花钱更容易！"

天气一天比一天冷起来了，不能再工作时，黑丑一计算，三个多月才弄了十多块钱。

"十块钱，核起老年时的七八两银子呢！哼，可是现在，能办点什么事呢？不够还债的。……"在路上，黑丑一面走着，一面便摸索着钱口袋，那样想。

到家已经有傍晚时分了。茶铺里正好非常的热闹：有的围在一桌上斗纸牌，有的散坐着谈闲天。黑丑回了家，老婆似乎也很喜欢，给他灌了壶茶，就在沙锅里煮面。

黑丑把担子放在院子里时，看见院子里墙上拴着一匹马。他很奇怪，就想回到屋里问他老婆。可是他刚一进屋，正巧碰他的闺女大云从屋内间提着一把水壶出来。大云说：

"刚到吗，爹？没有吃过吧？"

黑丑顺声从鼻孔里哼了两声，向内间一瞅，警官李文虎躺在炕上，正在吸白丸。

"来吧，黑丑，抽一口吧，在外边跑得怪冷的！……"警官李文虎一起身，很客气也很自然地向他打了个招呼。

"您请抽吧。"黑丑一看是他，非常的恼丧，说声就扭头到外间里来了。

老婆给灌的一壶水，还有茶叶，这是黑丑从幼很少享受过的幸福，所以连喝了几杯，嗓子里感到非常滋润。茶一喝足，面条也熟了；香油珠在汤面上浮游着，吃了一口，便觉得比家常做的小米或高粱粥有味得多，适口得多。

屋子里很暖和，再加上吃了点面，黑丑身上就非常温暖舒畅了。老婆问他这次出门一共挣了多少钱时，他害怕这十几块钱，一来就得被老婆胡花了，所以一面说出数目，一面就说明用处：

“不行，才十块多钱，不够还债的。麦子价小也得粜，行息可真把人吃苦了，好，借十块钱就是三块的利钱！……”

“你挣了十块钱吗？行了，够还债的了。麦子那能粜呢，自己还磨了，卖大碗面呢……”她说时，非常有把握，非常畅快。

黑丑以为她在瞎吹牛，就不相信。肚子里也饱了，身上也暖了，可是看着他老婆和女儿，在汉子群里，走过来走过去，又灌开水又谈笑，感到非常的不痛快，非常的恼丧，“这还成什么样子，这简直是在我脸上抹灰！”

不管身体上多么舒服，精神上却感到异常的受侮辱，他看不惯这种情形，回家不久，就又到双起婶家里去了。

双起婶因为丈夫仍然没有音讯，家中又没有钱用，正在每天愁闷。他们俩就相对发牢骚。双起婶现在非常地佩服他老婆小翠了，时常在口头上带出这样话来：

“你不能再说她怎么不好了，她也真算个能人。你看看，她开这个茶铺，又卖大碗面，又卖杂货，弄钱不少呀！”

“倒是能弄点钱，不过，太不好看。”

“那有什么不好看，不是因为咱穷吗？欠人家的必得还人家，好看中什么用？”

“老乡亲们不笑话吗？”

“笑话什么。他们白借给咱钱用吗？现在反正弄得很富裕，欠债能还上；他们笑话人家，不是白费吗？”

黑丑以为双起婶是在说与她不相干的现成话来安慰他，所以心里仍然不畅快。沉思了一会，抽了一锅旱烟，才说道：

“她这样，还不要紧，老了，脸皮厚了，人也不说闲话了，可是……大云又跟着她学，像干什么的？”

“咳，这年头，难说呀！”说到这里，双起婶沉思了一会。“在老年上，春冬两闲的时候，女人家都纺线织布，一来能占住了她的心，二来能自己积攒点钱。可是现在呢，人都学得好吃好穿了。若是娘家没钱，丈夫也没钱，自己又没来钱的道……自己爱点讲究，也真没有办法呀。咳，这年头，什么事也难说了！”

黑丑一想，像双起婶那样明白人，都说没有办法。自己这样土瘪，受了一辈子老婆的气，到现在还会有办法吗？所以只好不管，装傻装瞎吧。

在乡下，茶铺是一个村庄的文化中心和政治争论处。到了秋后，麦子播了种，秋庄稼收讫时，天气就渐渐冷起来了。地里的活不能做，家内手工业也渐渐消灭了。正是农人最闲暇的时候。平常农人家里是不生火炉，终日冷清清的，老婆子的炕头也坐厌了，闲得难过，就到茶铺里来。茶铺虽然也不过是几间旧土房，里边摆着几张肮脏方桌，几张板凳，只是因为生着火炉，满屋热气暖人，就是一村里最幸福的处所了，有钱爱花费的人，固然买点零嘴，喝壶茶，或是炀二两白干酒来得方便，就是一个铜元也不肯花的人，也可以在里边一坐半天。村中管事的大爷们，成天在这里，没有事时，斗纸牌，有事时，就在里边商量，且在此办公。区官区警来发公事或找地保时，也都先到这里来。村里有什么事，县衙门里派什么差捐，就先从茶铺里传布出去。不但乡下的闲事，就是国家大事，海外奇闻，也都是先有村中能人在这里一说，或是拿着张旧报，囫囵吞枣地一念，才渐渐地传播到各家去的。或是从京城大埠刚回家来了一个小商人，来的或只是一份报纸，就能在这沉滞的空气中，掀起一个波浪，使得人人都睁圆了眼睛，聚精会神地努力去领略这新闻。可是不到旧历年底，很少有人回家乡，向村中寄报纸的更是罕见。所以，一件旧事，便照例翻来覆去的不知道必需重提多少次，大家也不觉得烦厌——说的俨然第一次述说新闻，而听的也照例俨然第一次听到。各人皆为这种叙述十分兴奋。

“我说，××× 为什么来到北方呢？”一个在北平古董店内当过伙计的老头子，为着表示他自己的见识，在大家没有话时，他就常懒洋洋地，好像自言自语地那么说。

“为着打小日本，是不是？”一个人明知道他要说的是什么，用力抑制着要涌出来的喷笑，便故意那么驳他戏弄他。

“没有的事，没有的事，他是奸臣，他已经和小日本勾通了！他是来盗皇宫里的宝贝呢。哎呀，皇宫的宝贝可真值钱了！聚宝盆、通天宝……哗！……”曾干古董店的老头子，说时，眼睁得很圆，表示极可惋惜的神气。

刚才故意驳他的那个人忍不住地喷笑出来了。

“南蛮子偷风水，盗宝，一点也不假，老人说过的话都灵验了！”一个白胡子老头，吸着旱烟，正正经经地说了这话后，便长叹了一声。

“听说小日本，还要来占咱们这地方呢！”一个国术团的年轻人插上嘴说。

“一定占，一定占。咱们下棋的时候，都写‘两国交兵，黄河为界。’也验了，日本兵一直占到黄河。老人们嘴头上说的话，没有不灵验的！”这白胡子老头子，一遇机会，便发挥他的议论，决不会放弃过去。“常说‘俺的钱上不得串吗？’你看看现在的铜子，上得串了吗……”

“当亡国奴可不行。所以咱们非练国术不行！”这个国术团的青年，说话时，指手画脚得像摆什么拳术架子。

“反正谁来了，也得完粮上捐！……”

这样那样说下去，结果提到完粮上捐，许多人的幻想便消灭了。

假若警官李文虎偶然来到这茶铺里憩一会，大家就非常高兴地围近他，睁大了眼睛看着他，渴望他向大家述说什么新闻，或县衙门的公事。第一，警官李文虎是本村人，所以才敢就近他；第二，因为李文虎是做官为宦的，不是平凡人，所以他的一言一动，都是不可忽视的。

这一天因为黑丑觉得肚子作痛，他老婆小翠给他熬生姜红糖水。在茶铺里坐着的人，闲得怪难过，就和她开玩笑：

“小翠，你看你，是怎么回事呢？不知道吗，小翠？不小心，还让你黑丑吃冷东西。”

“来你娘的吧！”小翠不害羞地和他们斗嘴。

草帘一掀，警官李文虎脸上冻得通红，撞进来了。

“哼，刮了一阵什么风，把你刮来了？”小翠回过头去，笑着高声说。

“风头不好，刮的是地界。”李文虎也笑嘻嘻的。

“请坐，请坐，天气很冷吧？”

“从哪里来呀？”大家都向他打招呼。

“北集。”李文虎一面脱他的老羊皮军装大衣，一面顺口答道。

“北集那家卖白丸的，听说发洋财了。”

“那是。”李文虎很肯定地说：“这洋财可发老了！”

“他们也得花给你们个钱吧？”

“多少花个吧。”李文虎只有谈到这种事，口气才假作客气。

“县衙门里也不捉拿他们吗？”

“省里，人都花钱买通了。好，小县官敢惹人家？县官有为难的地方，都找人家！”

“你别看行道不好。赖汉子还是干不了呢。”

“那是。”李文虎的口气，非常坚定。他一提到这话，身子同口气一齐用劲。“人家他二哥在武备学堂毕过业，又到过东洋，在天津干这玩意，弄了好几百万呢，家里干的是他三兄弟……好，他的同窗，当师长当军长的，做主席的，不知道有多少！”

小翠熟悉他的习惯，他一进门，她就给他预备烟具去了。一会儿，小翠把一个油光头从门边一晃：

“来吧，来吧，快来抽吧，别再过一会，腰也直不起来，光流清鼻涕了！”

“嘻嘻。”李文虎向大家一笑，内间去了。

等着他抽了几口，精神焕发时，她才问道：

“你和北集那一家，熟吗？”

“熟。我常到那里去。”李文虎说话时，烟气就喷涌出来。

“他既是那样发财，你给黑丑在他那里找个事，行不行？多了不敢领情，一年若能挣个四十五十的，也比他啃地皮做庄稼汉子强多了。”

“你别看他那样发财，对付他的下边的人，可狠多哩！在局子里肯花钱，那是不得已呀。”

小翠失望，沉默了，看着他的烟灯。

“我想起来了，那么办吧。”李文虎忽然放低了声音：“你卖这玩意，我在那里给你说句话，可以先赊着，好不好？……卖这个，利钱可不小呀！”

小翠沉思了一会，赞成了，可是，却故意说：

“不犯私吗？”

“有公就有私。”

“若来捉人呢？”

“我不派别人来，我亲自出马。”

“贼小子！”

他俩开心地大笑了。

小翠到外间去提开水时，看见丈夫黑丑好像肚子还在痛，弓着腰坐在炕上不动。她问道：

“喝了姜糖水，肚子还痛吗？”

警长在里边听着了，就说：

“肚子痛吗？来，来，抽一口管保你好了。”

“不用，不用。”黑丑低声拒绝着。

“乐抽，就抽一口吧，反正不花钱，省得肚子再痛。”

小翠说时，就将黑丑往里间拉。他半拒半随地到了里间，躺在灯旁。李文虎弄好烟泡，给他用签子拨看。

“行了，行了。”黑丑吸了一口，就想不再吸了。

“一口不行，不管事，倒坏事，再来一口。”

李文虎哄骗着，又让他吸了一口。

黑丑吸了第二口，赶紧跑到外间，松了一口气，他肚子里，果然不痛了，可是头脑有些晕，浑身舒服得发酥，心里想，“这真怪，这真怪。”

黑丑又跑到双起婶家里去，出门时却自言自语：“这年头，他妈的，警官的事也轮到了我！”他知道双起婶也同小翠是一样的人了。

黑丑在这茶铺里，除了担水之外，就拉风箱。他常常一面慢慢地拉着，一面慢慢地想那些他不明白的事情。

有时，年轻的男子们，坐在他旁边的板凳上，瞎谈胡论，谁和谁姘着，谁给谁拉皮条，从中赚了几块钱。

“我说这娘们怎么焦黄像个梨呢？一打听，原来她和她娘到石家庄混事去了，还向人家说是到她姨家去了呢。”

“我说她怎么穿得那么讲究呢？原来……”

“我说她怎会走了运，原来……”

黑丑一听到他们谈论这类事，就有些心虚，恐怕再谈到自己身上，不安地赶快走开，心里却仍然想着个念头：

“咳，这年头，真是，这年头！”

因为白丸制造时极费工夫，而且一般人吸时也很麻烦，白面于是盛行了。将烟卷在桌上顿顿，顿得有那么一节空筒，将白面倒进，烟卷朝上，点着火，一吸，就可以过瘾了。黑丑这茶铺内，随着大烟户的潮流，也代卖白面了，烟鬼们买了白面，就坐在茶铺里，一面和大家闲谈，一面从从容容地吸着。吸几口，过了点瘾，精神抖作起来时，头向着天，望着烟卷上缕缕的青烟，微笑着。

“不怕你吃，不怕你穿，就怕你烟卷朝了天！”

在旁边闲坐的人，听了这烟鬼的自咏，就大笑起来。

警官李文虎每次路过此地，进来过烟瘾时，就怂恿黑丑也来几口，黑丑每次都是在半拒半就之中用过的，用过之后，身上立时有说不出来的一股子劲儿，刺激着他去找双起婶。可是后来，每逢要找她时，就想吸几口，抖抖精神。日久之后，不吸就身上酸软，打嚏喷，流清鼻涕了。

“你抽上瘾了，我勒死你！”老翠就这样警告他。

“抽不上瘾，抽不上瘾。只是有点肚子痛。”

到了年底，家家都感到钱缺，讨账的逼着要钱；还不上账的就向各地方躲藏。但是黑丑家除了还清借债，仍有余钱买了几斤猪肉韭菜……预备庆贺新年了。

在乡村中，能有黑丑这样舒服日子的人，最少极了。黑丑在生活上不知不觉的，一步步习染下去，但是他心理上，感到非常的不安：

“这是怎么回事呢？老人们哪里是这个样子！咳，这年头，真难说。……咳，这年头！……”

驿路上

李辉英

费了好半天工夫，出了一身热汗，才算是掘好了土坑，把棚杆埋上了。王老头累了，累得上气不接下气地喘了一阵子，骨痛腰酸，身上怪不好受的。

“是老了。”

自言自语的他感到自己的体力已衰弱了，想一想三十多年前做长工下庄稼地时，背四斗的袋子上仓下仓，走十多级梯子，像玩着似的，那时力气的充足，比起现在，前后当真是两个人！是的，那时他是二十多岁的小伙子，人家叫他王老大，现在是六十多岁的王老头了。

天气太热了，在一个老头儿是不容许劳动的，顶好坐在树荫下扇着扇子打瞌睡；然而他没有那种福分，为了生活，他是顾不得寒冷与酷热的。

到井台上打了一桶水，他就把腰里的面巾解下来，放在水里浸着，过一会，又拿出来，不停手地在脸上擦了一阵，然后擦胳膊、身子，擦下了一身汗垢。

精神就像增旺了一些，使得他有余暇在放下水桶之后，顺便把目光溜在左近一带的地方，浏览着，端详着。

这里是一个地势不恶的地方。北面，绵延着一条矮岭，像一幅屏障似的。西南边窜出一条小河，弯曲地奔流到东边去，河的两岸密生着低矮的林木。河水和矮岭之间的平地，是一片广大的田场；土地肥沃，每年都产出不少的粮食；只是没有王老头一点的份儿。随后，他的目光落到他的家屋上，二十多年久历风霜，抵御过雨淋雪压的两间茅草房。现在是有些倾斜了，要不是四边支着木柱，也许早已坍塌了。房上的茅草，有新的也有旧的，是儿子在春天增补的。房前边，这时候新添出来他埋好的棚杆，过些时那白棚就会搭上了。棚前面是一条驿路，沿着河的北岸，东西展长着，展长到远处的天边去。

每天总有些过路的人，背着包袱或是空着手走过他的门前，人人都为天气热得懒洋洋的，走得那样慢，仿佛两条腿有千斤重似的。

几年来，一年不如一年，他们的日子陷在穷困中总是挣扎不出。凭他们想过了多少法子，希冀在生活上得到一些儿满足，到后总像浮云似地飘过生活的记忆去。一直到最近，老两口子才想出这条救济生活的办法来，要开一个小小的茶棚，兜揽来往行人的生意。

“一定可以赚钱的。”

一起初，王老头就斩钉截铁地下着这样的断语，似乎他从历年的生活里面，已经得到一个正确的结论了。做生意，总是可以赚钱的。尤其是他们老两口子来看顾一个茶棚，可以说再合适没有的。别的笨重的工作，他们是没有气力担当的了。

老伴本来不赞成他的意见，但是也说不出反对的道理来，过后还是依从了他，把她从娘家带来的一副银镯子拿到镇上变卖了几块钱来作资本。

“就只有这点东西了。”

卖过镯子，她还硬着心肠说过这样的伤心话。这些年，她的首饰都弄净了，还亏得这样，总算换些钱来过日子，不然的话，在这两年兵荒马乱的年成，就把首饰留在家里，也难保要落在日本兵或是当地土匪的手里去的。他们如今换钱作资本的这副银镯子，要不是她经心经意地埋在炕洞子里，也绝不会保全到现在。可是只要这一回做买卖能有个小小的前途，那她是不会为这最后的财富惋惜悲叹的。她倒愿意从这上面获到一点利钱，可以补偿她这些年的损失。

开茶棚做了好些日子的生意，却少有顾客来光顾。在墙壁上贴了些红条子，写了些勾引旅客的字儿，也终是没有什么效果。

“七月的大热天，谁高兴到屋子里来坐呢？谁高兴喝滚热的茶水呢？”

有一天，王老头居然猜透了生意清淡的原因，后来就计划搭这个布棚，决定不卖水。热天走路的人都是愿意吃些凉东西的。他们就要改卖甜瓜、小米稀饭、麻花蜜果一类的零食了。王老头心里想，如果这样来生意还没有起色，那就只能说是天命使然了。

这样呆呆地站了一会子工夫，王老头的身上就悄悄地冒出汗珠来。老公鸡恰在这时一连叫了好几声，突破了沉热的空气。时候到了正午，王老头想起来，他该到茅屋里看看老伴把棚布缝到什么样子，就忘去了身上的沉热，顺便把面巾盖在脑袋上遮着太阳，大步走回茅屋里。

屋子里和他岁数差不多的老伴，这时候已经把白棚布缝好了，看他走进屋子里，就开口说：

"搭吧，布缝好了。"

她的脸上、皱纹中藏着粒粒的汗珠，她也是累了，可是她一声怨言都没有说，倒是陪着笑脸反说道：

"搭上棚，这回该有买卖了。"

说着，才伸手把脸上的汗抹了一抹。

屋子里虽然并没有透进多少阳光，但比外面还要热的多，幸亏南北窗是对着的，都敞开在那里，过窗风有时吹进一阵两阵，闷热的空气，才觉着好受些。

把棚布拿到手里，王老头横算竖量，打量着套上去能不能合适，——这一大块白布，又费去了他们两块多钱。

过些时，他们的儿子就要回家了，他是给人家雇去铲地做大工的。两块钱的布钱，正是他从东家那里透支来的。等他回家，还好有几块工钱带来，好预备买些甜瓜，因为现在只缺甜瓜，其余的东西都已备齐了。

“那就快搭吧。”

说着话，望一望老伴的脸，王老头征求着她的意见，也可以说是下着命令。然后又说：

“搭完就完事了，趁天早还不兜几个客人。”

这时候，她像记起了一件事情，便突然问道：

“那么你把棚杆都安插好了没有？”

“就等你了。”

“呵——”

呵那么一下，也不再说什么，就往屋外走去，于是两口子又在太阳底下开始消耗老力了。

天真是热，仿佛特意向他们两个老年人示威似的，尽管放散着灼灼的热气，热得两口子出了几身大汗，连短裤褂都湿得粘在肉皮子上，呼呼地气喘了大半天，才得把棚布搭上一半。

“歇歇吧。”

实在累得不能支持了，王老头觉得再也不能继续工作，才有这个提议。

老伴却是一肚子的刚强。依她的性子，恨不得一口气上完了棚布才好。不过终究支持不住了，到后仍不得不听从他的话，歇下了手脚。

“歇歇就歇歇罢。”

答应着王老头的话，然后又像不信任似地说：

“老了，不行了；怎么老了不能做事了呢？”

王老头没有答言，懒懒地走到井台那里去打水，再用面巾沾着井水擦那满脸满身的汗水，然后，把湿过的面巾又带回给他的老伴用了。

“怎么就这样热呢？年头一年比一年荒乱，天气也像一年比一年热，咱年轻时哪是这样！”

她一边擦着汗，一边不胜今昔地说着愤慨话。

“别提从前了，从前咱们还没有这样穷呢，从前还没有胡子呢，从前也没有日本兵呀！”

他这么说完，就陪着老伴一齐坐在搭好的半面棚布下乘着荫，躲避着天上火的太阳，人显得又懒散又疲倦。

没有风刮，河边的树林倒垂着枝叶一动不动。狗闭着眼睛在打盹，鸭子也只知道长时间把身子浸在河水里，懒得叫上一叫，闷热，沉静，占有了这附近一带的地方。

这么热的天气，不知止住了多少行路人的腿。路人们，不知是天热或是还有别的缘故，让王老头来比较比较，的确一年比一年少下去了。那应该埋怨火车，火车道没有修成的时候，这条大驿路哪一天也不缺乏车辆与过客。现在的大驿路，变成冷清的僻路了，比以前不知差了多少倍。要不然就是年头荒乱里住了行人的腿，就以他开的这个买卖来论，今天是开着，营业着，但说到明天能否再继续营业，那就没有人敢下断言了。胡子，日本兵，脚步一踏上地面，什么都会变了样，两间小茅草房，只要这些人里面有人高兴擦亮一根火柴，一会子工夫就化成一片烟灰。

这时候，老两口子擦着火柴点起烟袋，抽起来旱烟。这在他们还算得上是一件可人的事情。烟可以解闷，可以解忧，还可以混过去冗长难忍的时间。可以说，在抽烟时，人可以忘记周遭的一切困苦与快乐。

从那袅袅的烟雾中，还可以使人们进入一个新鲜的境界，可以使人获得意想的但又是属于空虚的暂时满足。同时，它也还可以引人沉入旧日的纷乱回忆里。

太阳歪了头，眼睛躲过棚布斜到王老头两口子坐着的地方，热气跟着就奔了过来。不耐烦的王老头把身子往旁边移动移动，后来索兴就站起身子催促着老伴说：

“行了，把那半面搭完吧，歇着也还是免不了热。”

两个人收好了烟袋，老伴先他站起身子紧跟着，一个冒汗的搭棚工作又开始了。

人老了，手脚有时就不能像年轻时那样如意地运用。王老头在这事件上，总好抱怨老伴手脚眼色的钝拙和不济事，因此，有时就发着一个老头子的脾气，但又并不显得怎样的严重，他会说：

“怎么，那块地方没有搭好你看不见么？”

或是这么说：

“你真是不中用。”

老伴的好脾气，见过的人没有不知道的，在年轻时，他有时因为喝醉了酒或是赌输了钱，向她发泄凶焰打她嘴巴的时候，她除了逃避之外，回骂一句的事情都没有过，自然更谈不到抵抗发作了。到现在人老了，性子更好了，他尽管发些零碎的脾气，总是激不起她的气愤。她不理会他，还是不停手地做着。

可有一宗，丈夫虐待她，她可以容忍，不说一句反抗的话，生活的困迫却使她大大地发过脾气。这几年，日子一年不如一年，惹得她有一次曾经愤愤地说过这样的话：

“这是怎么一回事呢，穷人老该受穷么？就不能翻翻身么？就过不到好日子了？”

还有一回她曾经暗暗地哭了半夜，生气命运为什么不肯帮他们的忙把日子过得像样一点。

不论天气怎样的热，棚布终于在他们两个人的手中搭好了，歇下手时，不约而同地全叹了一口气，这里面，含有无限的容忍、激愤和悲伤的成分。好在这总算做完了一件工作，内心里就像放下了一副重担，觉着松了不少。

太阳斜过棚顶的西边去了，老两口子坐在棚子下躲着太阳，不住用手抹着脸上的汗珠。面对面的两个人注视着好一会子，仿佛有什么话该说出口外，但是谁都不肯轻易开口。闷着，休息着。

这大幅棚顶布，是活动的，靠着两枝活动的棚杆，可以展开布面，又可以收缩在一堆，早上，晚上，只消把两枝棚杆挪动挪动，棚顶就可以搭出或是卸除了。现在，棚顶既然搭好，就只缺少棚下的桌凳一类东西了。

头顶上有棚布替遮着火热的太阳，棚的四外都敞着，等着凉风从各方面吹进来，再吹出去，坐在棚下吃瓜的人，那是再凉爽再享福没有的了。比一比棚后面的茅草房子里，相差的真是两个天地。旅客一经看到这白色的棚，从远处就会打定主意歇歇腿，既经坐在凳子上，歇腿之外还可以接受到一点凉风，透透胸中的热气，先就有三分喜气添上来，那他会不自主地就要吃上一些东西的。

“搬桌子去吧。”

胡乱想了一阵子，再看一看天气还早得很，王老头决意做一会买卖，就这样跟老伴说，老伴听从他意思，跟在他的身后，走回茅草房子里去。

堂屋里放着的长条桌，就是他们要搬的桌子，可是这东西又大又长，自然有它相当的重量的，所以是两个人一人搬着一端，使了半天的力气，谁也没有搬离开地面一点点的位置。汗珠子倒像一阵小雨似的又湿遍了全身。

搬不动呢。

“这笨东西！”

王老头上了火气，索性就把两手松开了，再跟老伴说：

“先拿板凳吧。”

看来这只长条桌只有等儿子回来才能搬出去。儿子原说晌午就可以回来，这多时候连影子都看不到，王老头一面往外搬着板凳走着，一面就恨起年轻人办起事来太少把握，做的事情和说的话难能是一致的。年轻人把些宝贵的工夫随随便便就耽误了。但随后他倒怜惜起他的儿子，他想到儿子在大热的天头下铲地、奔走，那比他苦多了。

等他们两个人把凳子搬完之后，就一同把身子坐在凳子上休息着，他们要吹吹凉风，好出一出胸中闷气和身上的热汗。另外，还为的要望一望将要回来的儿子。

河里面藏身的鸭子们，乱叫一阵以后，就歪歪斜斜地走上河岸，羽毛浸得怪新鲜的，懒懒的它们之中有的半闭着眼睛，走这段路像是不大情愿似的，走到两个主人的面前，它们“嘎嘎”地叫了一阵。

“喂喂去吧。”

嘱咐过老伴，眼看着鸭群跟她进院去了，王老头忽然间想起来，若是实在没有钱买货物的时候，卖去这几只鸭子，不是也能卖几个钱么。想是这么想，事实上，镇上的人，没有人在大热天来买鸭子吃，何况他还不忍心卖掉这几只动物呢。再说，这些时恐怕也没有几个人有闲钱肯买鸭子的。

这是他们一家中唯一的家畜了。去年、前年还有些鸡、猪来的，后来打了仗，义勇军、日本兵来回地追着、打着，大道旁的牲畜都被宰净了。好的吃食，像白面、粳米一点都找不到。两年来，年年夏天都是这么打着，宣统作了皇帝，还是不能使天下太平，反倒多出来遍地的日本兵。算一算，日本兵占过来之后，日子老实比从前更不好过了。

西边高粱地边上，露出来一个戴草帽担担的人，“不会是一个客人？”想到这里，王老头就着急他的搬不出来的长条桌，不然，不是可以让这个过客坐坐么。

可是，他随即想到那是没有什么关系的，他想到多余的凳子暂时可以当作桌子放些东西，因此，心里也就不着急了，一面在预备兜揽客人的话。一开头，应该先说：

“歇歇吧，老客。”

然后再说：

“吃点么？要凉的有水饭、黄瓜菜；香的有麻花；甜的有蜜果；价钱顶便宜。”

是的，说到这里可以留下客人的两只腿。他喊屋子里刚刚进去喂鸭子的老伴。

“快把东西拿出来！喂！”

一时间忙迫的样子，好像稍微迟延一会就会放走了这位客人似的。

但是，等老伴走了三次把东西搬完了，客人也走到棚下了，他才发现到那个客人原来是自己的儿子，担子放在棚下，装满了黄皮的甜瓜。

“哼——”

王老头也不再说什么，哼了一下，只是在暗地里埋怨自己的眼色不济事。停了好半天工夫，他才说：

“瓜买来了。”

儿子穿在身上的小褂和短裤湿透了，肩膀头肩担子的地方让扁担磨破了一个洞，肉皮子托出一片红色来。他摘下草帽当扇子扇着风，头上冒出一头的热气，随后坐上一只靠近的凳子上歇着，呼呼哧哧地喘着气，停一会愤愤地说：

“这王八蛋！他硬说今年这个月里不能再支钱，说了好半天才算由他赊来一担瓜！”

他没有支来钱。

处处都是不能随心如意，听了儿子这几句话，老两口子全愣住了。

儿子又说了：

“哪里是没有钱，何歪脖还支去两块钱呢！”

望望白布棚转过话头又说：

“棚搭好了。”

王老头看儿子累的那种样子，怜惜他不知说句什么话才好。仿佛儿子每喘一口气，就是放出他身上的一滴血。他怨恨老天爷不该把天气弄成这样热，故意和他的儿子为难。他只能急急催促着儿子说：

“去吧，到井台上洗洗脸去吧。”

儿子没有听从他的话，他看到棚下少了一张长条桌，就知道是留给他搬的主意，要先把桌子搬出来再去洗脸，因为这样来可以不耽误买卖。做父亲依从了，不一会三个人就把长条桌抬到棚子里。

做母亲的随后就收拾东西，抹擦桌面，把板凳都安置好，偷空望望儿子在井台上洗脸的动作。王老头在捡选甜瓜的个头，把它们分出等级预备标明价钱。

这时候有几个旅客向东走去，过棚前时，王老头竭诚地也招待着，往棚里让座，可是，全被拒绝了，客人只知道说“这棚子可不坏”，却没有人肯破费时间坐上一坐，要他们花费一些钱，看来更是难事了。他们还那么说：

“趁时候还早，打算多赶几里路。”

这情形，使回到棚子里的儿子也叹了一口气。买卖如果照这样继续下去，那还能行么，赶上这荒乱年头，本来旅客就很少有，他们再不肯花费一点点钱，看来靠旅客身上赚钱的事情，怕不能像他们想象的那样容易了。

父亲、母亲、儿子三个人坐在棚子里等待着客人的光临，一直到太阳压上远山的顶尖，还是没有让他们留下一个满意的主顾。有几个路人曾经买几个甜瓜，但每次又都是争持了好多的工夫。

“看明天怎样吧。”

父亲说完话，对着眼前的黄昏有些迷惘了。

“明天也许会好一些。”

“明天一定差不多的。”

母亲、儿子先后说着自慰的话，收束了棚里的东西，明天究竟怎样，谁也断不定，但是，明天却能给他们一些希望，—— 一种空虚的不着边际的慰藉。

黑天时，他们收束完了棚里的东西，棚布卷在两枝棚杆里，让儿子扛进堂屋内。白天做好的一盆小米水饭，本来是预备给旅客吃的，这一来就做了他们自己的晚饭。

求恕

程万孚

从巴黎开到荻艾浦来接上过海到英国的火车正在夜半到站，不问是回归故土的英国人或是到英国去的外国人，这些旅客全有些特别匆忙的样子，下了车还得忙着上船。经过法国警察在每人的护照上盖了一个离埠日期的印子后，手提背伏的连行李带人都在苍茫的深夜里，一个挨一个地上了停在港边吐烟等客的船。黎察·司特芬不慌不忙在所有的旅客之后，提了小箱，挟着毛毯也上船了。

头顶上是那么深蓝得近乎黑色的苍空，因为还看得见星星，许多人就很高兴的在谈论到天气，证明这是好天气，该不致有风浪。凡是渡过这英吉利海峡的全都知道它的利害，一个坐飞机打翻身不觉头晕的好汉，上了这条船过海也得吐呕得疑心是心脏也吐出来了的难过。甲板上到处是人，成双的或孤单的全都找了相当地位安置下来了。船还没有开，车站上已经没有了人影。岸上的路灯光亮得非凡，照得这满船面全是很明显的影子。远望还见港口有米小的灯光也许是些渔船。对岸的房子只在看惯了的黑暗中才衬着天边现出一些轮廓，一两个还有灯光的窗口，在夜色中仿佛是一些大黑猫的眼睛。镶在这只大黑猫身上似的放亮。夜深了，在巴黎住惯了的人就少见这般幽静的夜色。现在散在甲板上的旅客，有说话机会的在轻轻耳语，谁也犯不上吵闹这静悄无声的海口；孤单的除非倒在舱里就呼呼入睡的蠢汉，若不然对着这分不清一片深蓝的天与海，谁能不想起他过程中的一片一段？

司特芬找到一只救生船旁边，随地把毯子铺上坐了下来。面前是海，再前望就有微小的火光。这一点小火光在黑暗里集中了他的视线，回忆在他的面前布展开了：

一年前，他也从巴黎赶到这里过海去看他的至好朋友马克斯的尸身，满眼是泪，满心是忧急。现在这情形又涌到眼前来了。司特芬同马克斯在伦敦建筑学院过了四年的共同生活，同班毕了业之后，这一对抱负不凡的青年分了手。司特芬到巴黎去继续研究建筑学，马克斯就在伦敦一家地产公司当了建筑师。那一年冬天马克斯同一位伦敦小学里的舞蹈教师结了婚，司特芬在他的至好朋友的家里过了一个星期的圣诞节假日，十分快乐。

“努力呵，黎察，不要忘记了我们的雄图——把伦敦换个面孔！”马克斯临别的叮咛还在耳边，司特芬在巴黎接到马克斯夫人的恶报了！

“……皮尔在临终时他还是记惦到你。他叫我立即请你来，活着不能见你面时，死后亦非等你来见着他才甘心。他说他的书籍、草图、衣服等等全给你，只有你才是同他志同道合的好朋友！……来吧，如果可能的话请坐飞机来，不然明天早晨你也该到这里了。”这信上的话句句刺入司特芬的心，他是那么悲伤地赶回伦敦。他赶去看他的挚友，想去尽力安慰马克斯夫人，还可以算是新婚的夫妇，是那么如此恩爱不能离开的一对情侣，好心的司特芬设身为人想一想，他更感得难过了。

从医院里把马克斯送到墓园安葬之后，跪在墓前献上一束鲜花，永别了七年来的唯一好朋友，在新寡妇之前他不愿意流泪填人愁恨，可是心里是难过万分。他陪马克斯夫人回到伦敦近郊的新家里，约好暑假再来料理马克斯遗下来的东西，司特芬应该为了他自己的工作回巴黎去了的。可是马克斯夫人的挽留与他自己想到应该尽力安慰朋友的寡妻，他允许住一星期再走。

司特芬，一个过分和气的青年，就不能算是一个美男子，至少是使多少女人为他倾过心。眉长鼻正，身高体壮；同他交往的人才更知道他的好性情，使人生爱。于今这可爱的司特芬日夜不离地伴陪着马克斯夫人——一个活泼到够得上说是风骚的美丽女人，如果不是她披着黑纱服着重丧，别人要把这两个人视为可羡慕的一对了。

那时候正是初春，伦敦的郊外渐渐地绿得可爱之极，马克斯夫人的新家就是被围在绿草鲜花的当中。他们每天晚上都到伦敦去吃晚饭，看戏消愁。她是一个在舞蹈上用过功夫的女人，告诉司特芬不少关于这一方面的事。日间在乡间，司特芬是惦记着巴黎的功课，看看一切的陈设都容易想起马克斯；倒是马克斯夫人就那么像是过一种新生活开始时的没有秩序与约束的显得快乐似的。她不提及马克斯，也不说及这日后将如何度日的事。从报纸上看来的一些城市小新闻或是知道哪一个戏院演中的名剧，这就是她与司特芬谈话的资料。起初，他疑心这是勉强地想排遣忧伤的法门，不久就证明这是想错了。她高兴得那么自然，叫人难以相信的是不时还哼伦敦流行的小曲。

"黎察，你能够告诉我吗？上帝这么把我安排在这种情形之下是什么意思呢？皮尔是个好丈夫，他爱我，每天除开工作的时间而外，他把他的时间全交给我了，我们的确是过了甜蜜的一年多时光。可是他又把我丢下了是什么意思呢？"马克斯夫人在饱食午餐之后，慢慢地调着咖啡，她说完这些话，再用眼睛把没有说出来的话送到司特芬的眼里，"你说，这是什么意思？"

"可怜的皮尔当然是不愿意你受苦的，这可怕的脑炎把他逼走了。"司特芬多半明白了她的意思，可是想不出再适当的答话。

"他不愿意是无疑的，事实上我已经是在开始受苦了。"

那一天晚上，她换了艳丽的晚服同司特芬到伦敦戏院去看戏。她自己把“纪念在心里，不在拘守形式”做为理由，要司特芬也换上了马克斯的夜礼服。

“如果皮尔看见了我们这种样子，无疑的他从心里为我们高兴。你看，镜子里是多么相称的一对！”马克斯夫人挽着司特芬的腕，这相称的一对从这一夜起更形亲密地往伦敦跑了。

只要有一个合适的男人在她身边，她可以纵情地倒在这个男人怀里，满足她的欲望时，她把一切一切的从前都忘记了。就好像是一个刚刚出生，只认得愉快，不知道昨天，也不想到明天的大孩子。有多少女人为了一件愁苦的事忧郁一生，在马克斯夫人看来这是咎由自取的事。马克斯曾尽力使她快乐，她也真心真意地爱马克斯，使他从她身上得慰藉；但是不幸，马克斯没有尽职地把她丢下了，这当然“皮尔不愿意，至少他也没有权力使我受苦。谁能替代他的工作呢？当然是他的朋友，不是他的敌人。”马克斯夫人把这几句话认定是她的方针，是十分正确的见解。

司特芬在那绿草鲜花围绕的小舍里留下了一个好印象；他自己带着思量故友的忧伤与瞻念前程的愁虑回到巴黎去了。跟着他到巴黎的就是马克斯夫人的信：

可爱的黎察：

送你上车之后，我带着一颗几吨重的心回到瓦莱市。

这个家，从来没有使我觉得如此空洞的家，叫我害怕了。我站到窗前去望，想着你也许从纽海文又乘车回到我这里来了，站在窗前望到黄昏，这希望使我额外受了苦楚，我敢说你如果知道我是如何想念你而受苦时，你一定从巴黎飞回来安慰我了。你的甜蜜的声音，温柔的摸抚，没有一丝再微小不过的事不在我的心上刻下了一道深深的印迹，哦，你真是个可爱的孩子！

过海可有风浪？太阳是高高地照在瓦莱市，我想它也一样地照在海上。我心里在时刻求上帝保佑你，——我可是从来没有在任何教堂里去祈求过上帝的。我的信当然能够看见你平平安安在巴黎，如果它除了把我的相思传达了千万分之一而外，还能引起你回忆在此过去一周中——是只一周吗？叫人难以相信的留下数不清好印象的一周——的生活，使你不感苦痛，那我就得了意外的收获了。

昨夜我没有吃晚餐，可是做了一宵的甜梦，到今早还是梦把我喂饱了不觉得饿。东南角的远处不是巴黎吗？如果有德国人的大炮把我当炮弹一下子就送到那里才开心，恨我自己又没有长翅膀。再过三天我就该到学校里去了，开始同臭孩子鬼混的生活。

明天我去皮尔墓上放点鲜花，当然不会忘记替你向他问好。可怜的皮尔带走的只是我的快乐的回忆，可是你，可爱的人，你把我的灵魂带走了！我不知道我将如何过下去这日子。

你知道是哪一天可以回来吗？我把一切都预备如适，让你来过暑假。应该整理的东西亦等你来动手，我只是天天盼望你回来！

给你一千个从心底出来的热烈的吻！

爱你的 S

此后，几乎是按日按时的有这样的情书来把司特芬陷在一种不能自拔的束缚中。每夜，马克斯的遗像站在案头，司特芬对着遗像给马克斯夫人写情书。有时他实在不知道这事情应该如何结束而气得不能写下去，可是那妖冶的女人立刻在他的耳边说，替代爱护她的人是马克斯的朋友，必不是他的敌人。无论如何信还是写成寄走了。

等得不耐烦的暑假到了，司特芬没有回家，就在马克斯夫人家里过了一个如她所期望的暑天！

现在司特芬在这行将启碇的船上，明天早晨就可以到伦敦，如果是去年，他这正是在一种新生活的开头，一面有想及马克斯的痛，那一方面有将去过另一生活的热望。可是现在，事情又全变了。去年暑假以后他还回到巴黎，马克斯夫人是怎么也无法跟到巴黎或者留司特芬在伦敦，他开始抱怨了。起初是信照旧有，后来疏了淡了；同时她在另一方面同另一个马克斯的同事就密了厚了。最后，她明白地告诉了司特芬这件事，求他原谅。

在浪里滚到纽海文，又让车拖到伦敦，极度疲乏的司特芬还是极感兴奋的想到马克斯夫人。他决定还是去瓦莱市看了马克斯夫人之后才能得到休息的可能。

马克斯夫人是那么亲亲热热地接待了司特芬，把一件不平凡的事就当是无事一样的从容。

“他——是叫胡通先生吗？没有回来？”

“同从前皮尔一样，下午五点半才回来？”

“你的生活可满意呢？”

“正如我所希望的一样满足。”

“那倒好。”司特芬把这话里藏住的话不说出来了。

“黎察，你要原恕我，这正如同我们从前向皮尔求恕的情形是一样。我不能孤独地过日子，这房子是如此的空虚，我也感得一样的空虚。皮尔丢了我，你也不能不去巴黎，丹尼士是如你一样的令人生爱，我没有理由可以放弃这个合适的人，所以，所以我们就这样的同居了。你是爱恤我的，我只求你的原恕。”

“我为你祝福，我没有权力可以原恕你的。”

司特芬昏昏沉沉地离了瓦莱市，到了烟雾迷人的伦敦。

不断地还听见马克斯夫人在说：“我只求你原恕，我只求你原恕？”

无 聊

凌叔华

"天像是给人斗气，下了七八天雨还没够，一清早又是一个'大黑脸'。瞧吧，还要下呢！"如璧起床时便很生气地自己咕哝道。

院子里倒还好，桃李花落完了枝子上却长了青翠的叶子，只是房子里到处都有一股又潮又霉的土腥味儿。随你摸到什么，都是腻滋滋的。食物橱里装在瓶罐里的东西，上面都似乎变了色附着一层霉。"放在显微镜下，管保你不看出多少花鸟虫鱼呢！"如璧一边想着早上对义生说的话，一边不耐烦地把橱门大敞开，把有些发霉的东西都倒出来，瓶子摔过一边，指着向张妈道："你拿出去吧，不要了。"

张妈是如璧家用了十来年的老仆人，她常常不自觉地把主人的家当看作自己的，闻言正色答道："干吗掷呢？掷了又要花钱买。等好天晒一晒吧。买来的还不是一样发过霉的。你没有瞧见，他们铺子里冬茹哪，虾米哪，那一样不发过一点霉。卖给你的时候，拿出来收拾收拾就是好好的东西。"她说着就把桌上的东西一样一样捡起装回瓶子罐子里，连正眼都不瞟如璧一下，这掷的像是她的东西。

如璧怏怏地走过一边，没有话说，对窗立着。天还是嗒丧样儿。看那重重叠叠的乌云，像是永远不会有晴天的了。

“我看过一半天，天晴了，买十担二十担煤放着，倒是本应的事。”张妈又开始教训人了，“不是我爱说话，我瞧你花那么多钱栽花种树就不是事。常说前人种果后人收，您保得住永远不搬家吗？搬家，这都只好白白地送了人吧咧。这年头儿，钱！”

如璧怕张妈要滔滔地说下去，不得不止住她，“咱们中国人就是不肯花钱栽花种树，住过的房子都是乌烟瘴气的一团糟。人家外国人住过的地方都有个样儿，你看人家文华书院就像一座花园。”

“您说这个。人家外国人过得是什么日子！中国乱，他们溜回去就得。”

张妈说的一点不错，中国人凭什么同人家比呢？如璧偶然望到张妈脸上得意的神色，不觉心里倒起了反感，说道：“你们什么都要管一管，人家花自己的钱买花买树，你们也要不断地说来说去。什么是本应的事，你们看顶好就是吃饱了饭什么都不做，坐在家里等天黑。”如璧想到那天她在楼上听见张妈窃窃与隔壁的女仆议论，一个女人家只守着书房，挡得什么的话了。她说完便匆匆地走上楼去。

上到楼来，不知做什么好，想到自己方才急急地走开像煞有介事一般，不觉好笑。可是想到自己的无聊，又觉得可怜。她气呼呼地走到衣橱前打开门，想换一件单衣，换换精神，不想橱门一开，一阵潮腥气冲人鼻孔，很不舒服。

她狠狠地把橱门一摔，叹口气道："老这样下去，人也要发霉了。"

其实人总有一天乖乖地躺在土里发霉的，有什么稀奇呢？就是现在有口气，能行能坐，身体里面有的部分也许已经发霉腐坏了。病痛是一年比一年多，这不是顶好的证明吗？

想到这里，她觉得这几天的懊恼生气更是无聊！可是除了暗地里生气落泪，又会怎样？

无聊，无聊，都是无聊，她一边念着却想起不知谁骂人的话来："什么颓唐无聊，都是无病呻吟罢了，总而言之，这是懒罢了……"她一向觉得这话很对，常常记起来骂自己，今天却又用得着了。

对了，懒是可耻的，懒是一种不可原宥的恶习惯。想到这里，她便走到书桌前拉开抽屉把一月前译开的书及稿纸拿出来。拉一张椅坐下，一边研墨一边沉着心读那本要译的书，读得有点会心处，不觉心里轻松了一些，念过一章，提笔译了两行，忽听得前门一片嘭嘭声响，张妈连忙噔噔地走去开门。

"太太在家，您请坐。"张妈带笑说，声音是那么高兴，好像忽然遇到亲人一般！如璧郁郁地掷下笔。有什么法子，下去吧。

客人果然亲切，望见主人，远远地便含笑相迎道："我有好几回想来看你，总没得空来，你们都好吧？"

"我们都好，谢谢。"如璧想了一下才想出一句话来回答，"天总不好，我也没有出门，也没去看你们。"

她常常不明白那些太太们从哪儿来的许多话，说出口来，又现成又得体。还有那样亲切的神气，随和的笑，都出人意料的来得快，怪不得有些男子说女子是怪物呢。

"像您现在才是自由自在呢，没有孩子吵，房子里收拾得多精致呵！"白太太又开口了。

"哪里讲得上精致，都是粗东西。"

"我们想收拾也没法子，你瞧那五个小猴子，什么时候能停手停脚的。房子里什么东西都不能有个准地方，禁得住七手八脚地搅吗？真是，'一儿一女一枝花，多儿多女多冤家'，一些不错。没法儿，幸亏他们还怕父亲。若不，闹起来，连房子都拆了。"

如璧想到前六年，白太太就讲说要节育，那时只有三个孩子，为什么又添上两个呢？白先生是瘦得像只猴子，实在不能再加增负担了。

"你的孩子都还算安静的，两个大的已经很像大人了。"

"你没见他们淘气时候呢！"白太太说到儿女，她的得意文章来了。她重新又讲了二宝三宝两个怎样调皮，父亲怎样没法子，四宝五宝怎样争认隔壁的太太做干娘，这故事如璧似乎听过至少三次了。

主客对坐直讲到把一碟瓜子吃到露底子，张妈忙着献过三回茶水，客人才抱歉地起身告辞。

看白太太坐在洋车上得意自在的神色，愈发增加她的沉闷。为什么会那样得意呢？平白地做什么来呢？五个小猴子早晚吵一个不安生，长成了人还不知要耗多少心力，还能这样心平气和的，真也亏她！看到这样女人，如璧只有佩服，再也不忍酷求什么了。

上到楼来，心里仍沉不住。走到凉台看看，各家的屋瓦还是如常的一个挨一个稳稳地躺着。梧桐已经开过花结了元宝荚子了。东边的人家，有女人哭声，大约夫妇又在相骂了吧？他们时时拌嘴，可也常常并肩携手出门。年纪都也不小，都是三十边的人了。

南边是一个有七八个小孩的大家庭，那个四十左右的母亲，每天都摇颤着胖肿的身子，牵着或抱着孩子走出走入。脸是灰黄的肿着，眼睛老像睁不开，衣服总不见换，又是满了皱折，胸前一片精亮的，不知是积了多少时的油垢了。她不停地讲话却也不住地叱骂孩子呼唤仆役，夜间人家都睡了，只见她一人坐在灯下等丈夫回来，有时还巴巴地到厨房做宵夜给男人吃。这像是个铁打的人，磨折不坏的。

再过去两三家是一所小洋楼，里面住着一对年轻夫妇。

男人天天清早便坐着包车去办公，直到晚上六七点方回家来。女人将近十一点收拾停当了，挟了小皮夹坐了包车出门，回来时总是两三点钟了，车上必是放着一包一包的东西，衣料包子或鞋盒子吧。有时还有两三个年轻人同来，手里都满了东西。回来不久，大家又匆忙地出去，直到半夜，这女人方才同丈夫回来。女人不出门时却又时常请客，客都是年轻人，间也有一两个时髦女子伴了来，楼上话匣的歌声乐声以及人的笑语声，隔一条街都听得见。附近的人都莫名其妙地望着，据说这是城里一个小沙龙，是摩登女人做得最漂亮的事了。

看了这几家，她想起某名士解释的，家就是枷及家从“宀”从“豖”的滑稽字义的不为无理了。

但是一个好好的人，为什么要给他带上一个枷？一个好好的人，为什么要给人像养猪一样养着？愈想愈无聊，她离开窗前，很重地倒在一张藤椅上。

对了，猪是该无聊的呵，它除了吃饱了就睡，睡足了又吃，还能有什么希望呢猪，安安静静地在猪圈里歇歇吧！她心下念着，嘴边浮出苦笑，一会儿忽然跳起来走到写字棹前提起方才用开的笔。唉，天呵，楼下又嘭嘭的有人敲门了！

没有人声去开门，她只好又跑下去。

门开了，一个工人送回义生一封短简。他说中午不回来吃饭，明天三伯母请吃饭原来是三伯父的生日，教如璧赶紧买一样礼明早带去。信上且说“礼要值钱而又易携带的东西方好”。

她看看手上的表已过十一点三刻了，这一个早晨又算白过了。午饭完已是一点，再过一趟江，便两点了。那多么烦腻呵，游魂似的一间间铺子去飘荡，想起便使她头痛。她时常听见太太小姐们眉飞色舞地讲道怎样买东西，哪一间铺子贵，哪一间贱，哪家有什么货色，哪家缺少，翻来覆去，像唱一只名曲那样有兴致，且记得却又那么丝毫不差，她只有张大眼深致敬意。

如璧到了汉口，已是下午两点了。天还涡堵着雨意，街道低凹处有一滩一滩的黑泥浆，马路旁边的暗沟透出又霉臭又腥膻的怪味儿。行人都似乎患着失眠症，脸上没有血色，连眼珠子都像是假的。

街上绸缎庄、钟表行、西药房、洋货店、参茸店等等，差不多都贴着各色各样的大贱卖广告。还有两家绸缎庄，门口扎了灯彩，有两家洋货店楼上还有军乐队在窗口奏着乐，热闹极了。路上走过的人却像没有看见，没有听见，他们仍旧茫然走他们的路。世上事原来都是矛盾的，把这灯彩同军乐队，搬到乡村去，够他们怎样开心欣赏呢！

“恐怕只剩棺材店没有贴大贱卖的条子吧！”如璧同时想起一些爱买便宜货，什么物价都打听过的太太小姐们，如若棺材店大贱买的话，不知她们要不要进去打听打听。

她一路看着窗口陈列的货物，却想不出什么好。忽然想到三伯母常说的“人要衣装，佛要金装”的话来，她便迈进一家门口没有扎彩的绸缎庄。

一个头发光亮，穿着淡灰华丝葛长衫的伙计迎上来，柔声问要什么料子。

“看一看再说。”如璧沿着玻璃柜一边走一边看。

谁说中国人不爱维新呢？只凭绸缎来说，老年间的梅兰竹菊、祥云如意或是什么松鹤长春等等花色，现在已是完全不见，玫瑰及紫罗兰都嫌有点西洋古董气，新的花色居然都是未来派的图案了。

真是花多眼乱，她绕了柜子看了一周都选不出一样合意的料子，看了看表已经快三点了。

忽然在柜的一角有一束虾青色的丝绉，花色却很幽雅，三伯父那样高大身子穿上这种料子多么合适呵。

“拿这料子我看看。”她决定之后，向伙计指着说。

伙计听到顾客的语气，脸上忽然罩了一层喜色，带笑说道：“这是前天由上海到的新货，材料真好，没有一点人造丝掺杂在里面。价钱也公道，才一块五一尺，买的人多得很呢。昨天特税局长太太来剪了一件，交通银行的小老板也剪了两身。这是道地国货，现时大家正提倡国货，穿上这料子，恰恰应时。”伙计见顾客不做声，便把料子打开披在身上，洋洋地说道：“您瞧，打开更好看，又大方，又贵气，穿起来同两三块钱一尺的双丝葛一般，谁也没猜到是一块来钱的货。剪一身吧？”

“等等再说。”如璧微微皱了眉，转身再向玻璃柜中细看。

“这是新生活呢，比方才的更好更便宜了，”伙计从柜中抽出一匹青灰的素绸出来，道：“这料子只有我们一家有，别家做梦都没有想到呢。我瞧您也是知识阶级的新人物，”说着他很精明地瞟了如璧手上一卷报纸，“您一定也赞成这新生活运动。若不自己用，剪一两身送人，也是一个纪念。您瞧，真好不是？”

如璧怕他又要打开，急说道：“我出去看看再说。”

说完话她便走出铺门，伙计惊疑地望着她。

谁说中国人只重精神文明呢？你看，新生活运动发起没有一个月，就有新生活布匹给人穿了！如璧茫然在路上想着送礼东西还是没着落，可是她再不要进绸缎庄了。

走了半条街，也没有看见一样合意的东西。偶然隔着窗看见一两样精巧的摆饰物，但是想着进去细瞧了不合意，空手出来，要看伙计幽怨的眼色，就不肯造次了。她有时在小铺子买东西，听掌柜如怨如诉地道着不景气的凄凉情况，她会忽然买了一件比普通价钱定得高许多的货物，那天买的铜壶就是如此做成的，可是过后想起这种行为简直迂得可笑，她会红了脸偷偷把那只壶藏起来。买东西真是怄气呵！她想起不免又叹息了。

走到街的尽头，她仍然没有看见什么合意的礼物，其实也可以说她根本没有看。看过三四间铺面的玻璃窗，已经觉得累得很，有一两次，两三个行路人看见她停步向窗内望，他们也站住望，这使她更加烦腻。以后她匆匆地走着路。街上物事便像蒙上一层雾，看不清楚，她也不要看清了。

“烦死人了，回去，回去再说吧。再不出来当买办了！”她一边自道，一边走到人力车的前面叫道：“江汉关，一角钱？”

一个年轻人拉着一辆很整齐的车跑过来说：“一角钱，我去。”

她坐上去。车夫拉起如飞地跑。他的忙碌得意神气，仿佛车上坐了个了不得的大人物，路上车夫都啧啧地又羡又妒地望着他。

“这不是开玩笑吗！有什么事要人家这样飞跑呢？多么矛盾可笑，一个闲人叫人拼了命拉着飞跑。无缘无故耗这年轻人那样大力气，罪过，罪过！”她愈想愈不舒服，忽然身上好像有十几个虱子东叮一片西叮一片的难过。想到绸缎庄伙计的话，她更加烦闷，难道她自己真像伙计所猜的人一样吗？

“给人当作阔人总比给人看作傻子强多了！”她叹了口气，想到自己平白地坐了一辆车飞跑，真有点傻气。傻子，小丑，愈来愈不堪了！

忽然车子碰了一个穿长袍的人，他提高声骂道：“瞎了眼了吗？忙什么！”

如璧无意地回头望了一下，却遇到这骂人的正在投过一个轻侮的眼色。

“不错，忙什么？”如璧点头自道。“忙什么？坐在车上装忙样子给人看吗？”她想起从前在北京东四大街上，天天看见一辆洋车拉着一个直着眼衣服却平平常常的中年女人。头一天她出来，大家知道是疯子就追着看，往后每天出来，大家都不注意了，有人指着问，方有人说可怜是个疯子了。

“像我这样坐在车上，多少也同那个疯子差不多了。”她想到不知哭好是笑好，最后她决定不坐在车上了。

“您买东西吗？我等一等。”车夫停下问。

“不，我不要坐车了。”

“不要车……”车夫是不愿意的声音。如璧明白，不等他再说上去，便把一角钱塞到他手里。车夫懒懒地伸手接着，很疑惑地盯了她一眼。不知为什么，她不敢抬眼回看车夫，她只觉得要赶紧走开才好。

她一边匆忙地走，一边却自问道：“忙什么？”

黎明

威深

夜里，就用树枝和蒿草烘起火来。

初春的阴湿的清冷的夜。树枝是从毗近村庄的一个小丛林里折来的，不十分干，加上蒿草，就烘烘地燃着了。草粒在火焰里噼噼啪啪地发着爆裂的声音。有时火焰冒得太高了，几乎要舐着那用秫秸铺成的污黑的屋顶；火焰渐渐地削弱了的时候，大的不容易燃着的树枝就嗞嗞地冒出烟来。蒿草烘完了，烟也跟着多了，浓了，有几个声音同时禁不住地咳嗽起来。

接着是一阵悄然的沉静。在朦胧的烟雾里，一星微弱的灯火喘息着，照出了围坐在屋里的人们的脸和身体的轮廓，大的黑的影子映在四边的墙上。

炕角里坐着那个老年的长工，嘴里叼着烟袋，他的脸被别人的脑袋遮在黑暗里，就是在谈话最激烈的时候，也听不见他的声音，好像那已经发生和将要发生的事情与他丝毫无关似的，在他的眼睛里世界是一个无终息的沉默，可是又好像无论什么事情在人家说出来以前他就已经懂得了；也许就是由于这个原因，他让他们藏在他的小屋里……

背靠着墙，懒散地伸直了腿，坐着那个新从都市里回家来的学生；他有一对大的阴郁的眼睛，因为烟气的侵袭，已经湿漉漉的了，他用手背拼命地在两个眼睛上揉了几下，打了一个呵欠，想睡觉，一片都市的夜色从他的脑袋里闪过去，他的思路便像一匹撒掉缰绳有翅的马腾空起来了，他急力想把它按住，却失败了，有一分钟的工夫他忘掉自己为什么要坐在这里，一切都像一个梦，偶然他的眼睛落在对面坐着的那人的脸上，四只眼睛一秒间的对射，像有一个蓦地冲来的东西把他猛力地撞倒尘埃，从刚才的沉思中惊醒，他把右手向着那坐在炕角里的老年的长工摆了摆，做出一个拉门的姿势。

“门开一开，放烟出去！”

……

那是一顶光了板的皮帽，因为补缀上了几块大的不合适的兔皮，护耳的两边翻干吊上去，戴在头上，就显着特别大了。这是很仓促地从一个被枪弹打躺在地下的乡绅头上扯下来的，就套在了自己的脑袋上，可是却忘掉把那手枪同弹袋也抢过来，戴着这大的皮帽子，他抓着一棵树，蹬着树疤，他爬上一个短墙去，这时，枪弹的响声已经密集到关帝庙前的街心去，他向着那边张望，在淫湿的稀薄的黎明的灰光里，只能瞧见那高耸的关帝庙顶，和那因为被惊吓的老鸦的碰撞簌簌颤抖着的白杨树梢。他把不定那密集着枪声的地方是敌人还是自己的伙伴，他手里的枪却连着响了两下，弹丸便穿过摇湿的稀薄的黎明的灰光，穿过稀疏的树丛，向着那枪声密集的地方飞过去了。

在那短墙上站了约摸两分钟的功夫，他从一个堆满了废烂的篱笆的角落里跳下去，不知在什么时候，同他一起的几个伙伴已经不见了。绕过一堆乱柴，他走到一个天井里，从一间屋子的窗口发出来一个老妇人的惊骇的嘶声，他便一直冲向那通着街道的栅栏去。

当他沿着街道旁的墙脚走到一个胡同口的时候，枪声渐渐稀少了，最后两枪是向着天空发的，大约是示威，又是凯旋的意思吧，但在他，一切都完了。他站着的地方，离关帝庙仅仅隔着一个荒废的枣园，他听得那古庙的廊下有人在粗暴地骂着，这该是保卫团的队长之类人物吧。突然，他像明白了一切似的，转过身来，一直向着村外的大道上跑去。至于，他怎样被敌人和伙伴丢在了战线以外的事一点都没有想到。

他越过了一个坡冈，在那上面，他才感到白昼的光芒渐渐从荒漠的平野上泛起来了；那曾经在黎明之前爆发了一场恶斗的村庄，已经像一只熟睡的猫儿似的，蜷伏在低洼的田陇的尽头，不见一个老鸦盘旋的黑点，也不见一个人形在村外的大道上闪动，于是那没有人会再来追赶他的估量，重新在他的脑袋里显得清楚而鲜明了。在他觉察到自己的前额被那大的皮帽蒸出了汗的同时，发现了困倦和疲乏像大得奇特的蛛网紧紧地里住了他的全身，几夜没有好好地睡过一觉的回忆，也跟着那一切涌进他的记忆里了。

当他要打一个呵欠的时候，他发现了手枪还捏在手里。其实，他并没有忘掉那东西是在他的手里的，可是，一个人捏着手枪走路是什么样子呢？他必须装做一个通常的走路的人，于是，他明白自己要越过坡冈从那干涸上苇塘穿行过去的打算，是完全错误了。

他转回到大道上去。朝日铺在平野上的辉光软绵绵地厚起来了。他向着西走，瞧着自己倒在大道当中的拉长的影子，心头上又被一种蓬勃的欢欣浸透了。他感着自己全身的血流里充溢了力量，把刚才所觉到的困倦和疲乏赶掉无踪了，一切都待要继续下去，一切都待要从新开始。

一片丛林遮住了他的形影的时候，他把脚步放慢了。对于刚才发生过了的事变，无论怎样镇定自己，在他的记忆里，也像是做过了一次奇迹中的人物。他很明白，在实际里是没有什么奇迹的，但却禁不住要这样想；因为那一切发生的是那样迅速，当他听到最初的枪声时，从那只铺了一层干草的屋地上跳起，冲出门去，摔倒在一个坏了底的蜂箱上，爬起来，再跑，他要寻找火线的暴发点，但因为是失掉了思辨的能力，结果成了战场上一个畸零，直到站在那短墙上，向着枪声密集的地方开了两枪以后，才又见同自己一块儿冲出来的伙伴一个也不在了。

他从一度追想里恢复过来。初春的阴湿的道路在他的脚下轻轻地发着喋喋的声响，阳光爬在旷野的田陇上，偶尔有几滴融雪凝成的水珠和半埋在泥土里的破磁片闪烁着反光，他的睡眠不足的困倦的眼睛便感到一阵轻微的刺痛，一群灰色的鸽子悬空绕了一个圆圈，啪啪地响着翅膀落在荒坟上，匆忙地争着找寻草根里的柏籽；一只麻黄色的瘦削的野犬肆意在道旁打了个滚，飞快地冲向那群找食的鸽子去了。一辆远道来的货车在前面辘辘地驰行。在丛林的边际上，一个矮小的老人露出来，胡须和头发都是挂了霜似的灰白，左臂上缠着粗厚的布片，一只猛鹰静静地站在上面；一切都埋在悠久的平静里，外面是闲散，内部又是铅般的灰暗，生活是用了一种迟钝的锯齿横生的步态爬着，这就会使他觉到刚才经过的那由春荒的饥饿燎起来的一场恶斗像是奇迹了。他还没有明白这一点：要完成一个新的他，不仅仅要在火线上，（他却失掉了思辨的能力，而成了战场上一个畸零。）更困难地还要在灰色的鸽子、瘦削的野犬、辘辘驰行的货车和架着猛鹰的老人的面前牢牢地把住自己。因为那根旧的过去的线时时刻刻都准备套住他的脖子把他拉回。

一声山羊的嗥叫从丛林里飘出来，他抬起了头向远处眺望，在前面，约有半里路的距离，一条小河横着，大道随着河身的曲折向着西南蜿蜒开去。……

他一个人孤单单地在沙滩上行走……

附　录

窘

林徽因

暑假中真是无聊到极点，维杉几乎急着学校开课，他自然不是特别好教书的，平日他还很讨厌教授的生活——不过暑假里无聊到没有办法，他不得不想到做事是可以解闷的。拿做事当作消遣也许是堕落。中年人特有的堕落。"但是，"维杉狠命地划一下火柴，"中年了又怎样？"他又点上他的烟卷连抽了几口。朋友到暑假里，好不容易找，都跑了，回南的不少，几个年轻的，不用说，更是忙得可以。当然脱不了为女性着忙，有的远赶到北戴河去。只剩下少朗和老晋几个永远不动的金刚，那又是因为他们有很好的房子有太太有孩子，真正过老牌子的中年生活，谁都不像他维杉的四不像的落魄！

维杉已经坐在少朗的书房里有一点多钟了，说着闲话，虽然他吃烟的时候比说话多。难得少朗还是一味的活泼，他们中间隔着十年倒是一件不很显著的事，虽则少朗早就做过他的四十岁整寿，他的大孩子去年已进了大学。这也是旧式家庭的好处，维杉呆呆地靠在矮榻上想，眼睛望着竹帘外大院子。一缸莲花和几盆很大的石榴树、夹竹桃，叫他对着北京这特有的味道赏玩。他喜欢北京,尤其是北京的房子、院子。有人说北京房子傻透了，尽是一律的四合头，这说话的够多没有意思，他哪里懂得那均衡即对称的庄严？北京派的摆花也是别有味道，连下人对盆花也是特别地珍惜，你看哪一个大宅子的马号院里，或是门房前边，没有几盆花在砖头叠的座子上整齐地放着？想到马号，维杉有些不自在了，他可以想象到他的洋车在日影底下停着，车夫坐在脚板上歪着脑袋睡觉，无条件地在等候他的主人，而他的主人……

真是无聊到了极点。他想立起身来走，却又看着毒火般的太阳胆怯。他听到少朗在书桌前面说 :“昨天我亲戚家送来几个好西瓜，今天该冰得可以了。你吃点吧？”

他想回答说 :“不，我还有点事，就要走了。”却不知不觉地立起身来说 :“少朗，这夏天我真感觉沉闷，无聊！委实说这暑假好不容易过。”

少朗递过来一盒烟，自己把烟斗衔到嘴里，一手在桌上抓摸洋火。他对维杉看了一眼,似笑非笑地皱了一皱眉头——少朗的眉头是永远有文章的。维杉不觉又有一点不自在，他的事情，虽然是好几年前的事情，少朗知道得最清楚——也许太清楚了。

“你不吃西瓜么？”维杉想拿话岔开，少朗不响，吃了两口烟，一边站起来按电铃，一边轻轻地说：“难道你还没有忘掉？”

“笑话！”维杉急了，“谁的记性抵得住时间？”

少朗的眉头又皱了一皱，他信不信维杉的话很难说。他嘱咐进来的陈升到东院和太太要西瓜，他又说：“索性请少爷们和小姐出来一块儿吃。”少朗对于家庭是绝对的旧派，和朋友们一处时很少请太太出来的。

“孩子们放暑假，出去旅行后，都回来了，你还没有看见吧？”

从玻璃窗，维杉望到外边，从石榴和夹竹桃中间跳着走来两个身材很高，活泼泼的青年和一个穿着白色短裙的女孩子。

“少朗，那是你的孩子长得这么大了？”

“不，那个高的是孙家的孩子，比我的大两岁，他们是好朋友，这暑假他就住在我们家里。你还记得孙石年不？这就是他的孩子，好聪明的！”

“少朗，你们要都让你们的孩子这样地长大，我，我觉得简直老了！”

竹帘子一响，旋风般地，三个活龙似的孩子已经站在维杉跟前。维杉和小孩子们周旋，还是维杉有些不自在，他很别扭地拿着长辈的样子问了几句话。起先孩子们还很规矩，过后他们只是乱笑，那又有什么办法？天真烂漫的青年知道什么？

少朗的女儿，维杉三年前看见过一次，那时候她只是十三四岁光景，张着一双大眼睛，转着黑眼珠，玩他的照相机。这次她比较腼腆地站在一边，拿起一把刀替他们切西瓜。维杉注意到她那只放在西瓜上边的手，她在喊“小篁哥”。她说：“你要切，我可以给你这一半。”小嘴抿着微笑，她又说：“可要看谁切得别致，要式样好！”她更笑得厉害一点。

维杉看她比从前虽然高了许多，脸样却还是差不多那么圆满，除却一个小尖的下颌。笑的时候她的确比不笑的时候大人气一点，这也许是她那排小牙很有点少女的丰神的缘故。她的眼睛还是完全的孩子气，闪亮、闪亮的，说不出还是灵敏，还是秀媚。维杉呆呆地想一个女孩子在成人的边沿真像一个绯红的刚成熟的桃子。

孙家的孩子毫不客气地过来催她说：“你哪里懂得切西瓜，让我来吧！”

“对了，芝妹，让他吧，你切不好的！”她哥哥也催着她。

“爹爹，他们又搭着伙来麻烦我。”她柔和地唤她爹。

“真丢脸，现时的女孩子还要爹爹保护么？”他们父子俩对看着笑了一笑，他拉着他的女儿过来坐下问维杉说：“你看她还是进国内的大学好，还是送出洋进外国的大学好？”

“什么？这么小就预备进大学？”

“还有两年，”芝先答应出来，“其实只是一年半，因为我年假里便可以完，要是爹让我出洋，我春天就走都可以的，爹爹说是不是？”她望着她的爹。

“小鸟长大了翅膀，就想飞！”

“不，爹，那是大鸟把他们推出巢去学飞！”他们父子俩又交换了一个微笑。这次她爹轻轻地抚着她的手背，她把脸凑在她爹的肩边。

两个孩子在小桌子上切了一会儿西瓜，小孙顶着盘子走到芝前边屈下一膝，顽皮地笑着说：“这西夏进贡的瓜，请公主娘娘尝一块！”

她笑了起来拈了一块又向她爹说：“爹，看他们够多皮？

“万岁爷，您的御口也尝一块！”

“沅，不先请客人，岂有此理！”少朗拿出父亲样子来。

“这位外邦的贵客，失敬了！”沅递了一块过来给维杉，又张罗着碟子。

维杉又觉着不自在——不自然！说老了他不算老，也实在不老。可是年轻？他也不能算是年轻，尤其是遇着这群小伙子。真是没有办法！他不知为什么觉得窘极，此后他们说些什么他不记得，他自己只是和少朗谈了一些小孩子在国外进大学的问题。他好像比较赞成国外大学，虽然他也提出了一大堆缺点和弊病，他嫌国内学生的生活太枯干，不健康，太窄，太老。

“自然，”他说，“成人以后看外国比较有尺寸，不过我们并不是送好些小学生出去，替国家做检查员的。我们只要我们的孩子得着我们自己给不了他们的东西。既然承认我们有给不了他们的一些东西，还不如早些送他们出去自由地享用他们年轻人应得的权利——活泼的生活。奇怪，真的连这一点我们常常都给不了他们，不要讲别的了。”

“我们”和“他们”！维杉好像在他们中间划出一条界线，分明地分成两组，把他自己分在前辈的一边。他羡慕有许多人只是一味地老成，或是年轻，他虽然分了界线却仍觉得四不像，——窘，对了，真窘！芝看着他，好像在吸收他的议论，他又不自在到万分，拿起帽子告诉少朗他一定得走了。

“有一点事情要赶着做。”他又听到少朗说什么“真可惜，不然倒可以一同吃晚饭的”。他觉着自己好笑，嘴里却说：“不行，少朗，我真的有事非走不可了。”一边慢慢地踱出院子来。两个孩子推着挽着芝跟了出来送客。到维杉迈上了洋车后他回头看大门口那三个活龙般年轻的孩子站在门槛上笑，尤其是她，略歪着头笑，露着那一排小牙。又过了两三天的下午，维杉又到少朗那里闲聊，那时已经差不多七点多钟，太阳已经下去了好一会儿，只留下满天的斑斑的红霞。他刚到门口已经听到院子里的笑声。他跨进西院的月门，只看到小孙和芝在争着拉天棚。

“你没有劲，”小孙说，“我帮你的忙。”他将他的手罩在芝的上边，两人一同狠命地拉。听到维杉的声音，小孙放开手，芝也停住了绳子不拉，只是笑。

维杉一时感着一阵高兴，他往前走了几步对芝说：“来，让我也拉一下。”他刚到芝的旁边，忽然吱呀一声，雨一般从他们头上喷洒下来的水点骤浇到背上，吓了他们一跳，芝撒开手，天棚绳子从她手心儿溜了出去，原来小沅站在水缸边玩抽水机筒，第一下便射到他们的头上。这下子大家都笑，笑得厉害。芝站着不住地摇她发上的水。维杉踌躇了一下，从袋里掏出他的大手绢轻轻地替她揩发上的水。她两颊绯红了却没有躲走，低着头尽他擦她的掌心。维杉看到她肩上湿了一小片，晕红的肉色从湿的软白纱里透露出来，他停住手也不敢拿手绢擦，只问她的手怎样了，破了没有。她背过手去说：“没有什么！”就溜地跑了。

少朗看他进了书房，放下他的烟斗站起来，他说维杉来得正好，他约了几个人吃晚饭。叔谦已经在屋内，还有老晋，维杉知道他们免不了要打牌的，他笑说：“拿我来凑脚，我不来。”

“那倒用不着你，一会儿梦清和小刘都要来的，我们还多了人呢。”少朗得意地吃一口烟，叠起他的稿子。

“他只该和小孩子们耍去。”叔谦微微一笑，他刚才在窗口或者看到了他们拉天棚的情景。维杉不好意思了。可是又自觉得不好意思得毫无道理，他不是拿出老叔的牌子么？可是不相干，他还是不自在。

“少朗的大少爷皮着呢，浇了老叔一头的水！”他笑着告诉老晋。

“可不许你把人家的孩子带坏了。”老晋也带点取笑他的意思。

维杉恼了，恼什么他不知道，说不出所以然。他不高兴起来，他想走，他懊悔他来的，可是他又不能就走。他闷闷地坐下，那种说不出的窘又侵上心来。他接连抽了好几根烟，也不知都说了一些什么话。

晚饭时候孩子们和太太并没有加入，少朗的老派头。老晋和少朗的太太很熟，饭后同了维杉来到东院看她。她们已吃过饭，大家围住圆桌坐着玩。少朗太太虽然已经是中年的妇人，却是样子非常的年轻，又很清雅。她坐在孩子旁边倒像是姐弟。小孙在用肥皂刻一副象棋——他爹是学过雕刻的——芝低着头用尺画棋盘的方格，一只手按住尺，支着细长的手指，右手整齐地用钢笔描。在低垂着的细发底下，维杉看到她抿紧的小嘴，和那微尖的下颌。

“杉叔别走，等我们做完了棋盘和棋子，同杉叔下一盘棋，好不好？”沅问他。“平下，谁也不让谁。”他更高兴地说。

“那倒好，我们辛苦做好了棋盘棋子，你请客！”芝一边说她的哥哥，一边又看一看小孙。

“所以他要学政治。”小孙笑着说。好厉害的小嘴！维杉不觉看他一眼，小孙一头微卷的黑发让手抓得蓬蓬的。两个伶俐的眼珠老带些顽皮的笑。瘦削的脸却很健硕白皙。他的两只手真有性格，并且是意外地灵动，维杉就喜欢观察人家的手。他看小孙的手抓紧了一把小刀，敏捷地在刻他的棋子，旁边放着两碟颜色，每刻完了一个棋子，他在字上从容地描入绿色或是红色。维杉觉得他很可爱，便放一只手在他肩上说："真是一个小美术家！"

刚说完，维杉看见芝在对面很高兴地微微一笑。

少朗太太问老晋家里的孩子怎样了，又殷勤地搬出果子来让大家吃。她说她本来早要去看晋嫂的，只是暑假中孩子们在家她走不开。

"你看，"她指着小孩子们说："这一大桌子，我整天地忙着替他们当差。"

"好，我们帮忙的倒不算了，"芝抬起头来笑，又露着那排小牙，"晋叔，今天你们吃的饺子还是孙家篁哥帮着包的呢！"

"是么？"老晋看一看她，又看了小孙，"怪不得，我说那味道怪顽皮的！"

"那红烧鸡里的酱油还是'公主娘'御手亲自下的呢。"小孙嚷着说。

"是么？"老晋看一看维杉，"怪不得你杉叔跪接着那块鸡，差点没有磕头！"

维杉又有点不痛快，也不是真恼，也不是急，只是觉得窘极了。"你这晋叔的学位，"他说："就是这张嘴换来的。听说他和晋婶婶结婚的那一天演说了五个钟头，等到新娘子和傧相站在台上委实站不直了，他才对客人一鞠躬说'今天只有这几句极简单的话来谢谢大家来宾的好意！'"

小孩们和少朗太太全听笑了，少朗太太说："够了，够了，这些孩子还不够皮的，你们两位还要教他们？"

芝笑得仰不起头来，小孙瞟她一眼，哼一声说："这才叫做女孩子。"她脸胀红了瞪着小孙看。

棋盘，棋子全画好了。老晋要回去打牌，孩子们拉着维杉不放，他只得留下，老晋笑了出去。维杉只装没有看见。小孙和芝站起来到门边脸盆里争着洗手，维杉听到芝说：

"好痛，刚才绳子擦破了手心。"

小孙说："你别用胰子就好了。来，我看看。"他拿着她的手仔细看了半天，他们两人拉着一块手巾一同擦手，又"吃吃""咕咕"地说笑。

维杉觉得无心下棋，却不得不下。他们三个人战他一个。起先他懒洋洋地没有注意，过一刻他真有些应接不暇了。不知为什么他却觉着他不该输的，他不愿意输！说起来真好笑，可是他的确感着要战胜，孩子不孩子他不管！芝的眼睛镇住看他的棋，好像和弱者表同情似的，他真急了。他野蛮起来了，他居然进攻对方的弱点了，他调用他很有点神气的马了，他走卒了，棋势紧张起来，两边将帅都不能安居在当中了。孩子们的车守住他大帅的脑门顶上，吃力的当然是维杉的棋！没有办法。三个活龙似的孩子，六个玲珑的眼睛，维杉又有什么法子！他输了输了，不过大帅还真死得英雄，对方的危势也只差一两子便要命的！但是事实上他仍然是输了。下完了以后，他觉得热，出了些汗，他又拿出手绢来刚要揩他的脑门，忽然他呆呆地看着芝的细松的头发。

“还不快给杉叔倒茶。”少朗太太喊她的女儿。

芝转身到茶桌上倒了一杯，两只手捧着，端过来。维杉不知为什么又觉得窘极了。

孩子们约他清早里逛北海，目的当然是摇船。他去了，虽然好几次他想设法推辞不去的。他穿他的白嗬裤子葛布上衣，拿了他草帽微觉得可笑，他近来永远地觉得自己好笑，这种横生的幽默，他自己也不了解的。他一径走到北海的门口还想着要回头的。站岗的巡警向他看了一眼，奇怪，有时你走路时忽然望到巡警的冷静的眼光，真会使你怔一下，你要自问你都做了些什么事，准知道没有一件是违法的么？他买到票走进去，猛抬头看到那桥前的牌楼。牌楼，白石桥，垂柳，都在注视他。——他不痛快极了，挺起腰来健步走到旁边小路上，表示不耐烦。不耐烦的脸本来与他最相宜的，他一失掉了“不耐烦”的神情，他便好像丢掉了好朋友，心里便不自在。懂得吧？他绕到后边，隔岸看一看白塔，它是自在得很，永远带些不耐烦的脸站着——还是坐着？——它不懂得什么年轻、老，这一些无聊的日月，它只是站着不动，脚底下自有湖水、亭榭、松柏、杨柳、人——老的小的——忙着他们更换的纠纷！

他奇怪他自己为什么到北海来，不，他也不是懊悔，清早里松荫底下发着凉香，谁懊悔到这里来？他感着像青草般在接受露水的滋润，他居然感着舒快。奢侈的金黄色的太阳横着射过他的辉焰，湖水像锦，莲花莲叶并着肩挨挤成一片，像在争着朝觐这早上的云天！这富足，这绮丽的天然，谁敢不耐烦？维杉到五龙亭边坐下掏出他的烟卷，低着头想要仔细地，细想一些事，去年的，或许前年的，好多年的事，——今早他又像回到许多年前去——可是他总想不出一个所以然来。“本来是，又何必想？要活着就别想！这又是谁说过的话……”

忽然他看到芝一个人向他这边走来。她穿着葱绿的衣裳，裙子很短，随着她跳跃的脚步飘动，手里玩着一把未开的小纸伞。头发在阳光里，微带些红铜色，那倒是很特别的。她看到维杉笑了一笑，轻轻地跑了几步凑上来，喘着说：“他们租船去了。可是一个不够，我们还要雇一只。”维杉丢下烟，不知不觉地拉着她的手说：“好，我们去雇一只，找他们去。”

她笑着让他拉着她的手。他们一起走了一些路，才找着租船的人。维杉看她赤着两只健秀的腿，只穿一双统子极短的袜子，和一双白布的运动鞋；微红的肉色和葱绿的衣裳叫他想起他心爱的一张新派作家的画。他想他可惜不会画，不然，他一定知道怎样地画她。——微红的头发，小尖下颌，绿的衣服，红色的腿，两只手，他知道，一定知道怎样地配置。他想象到这张画挂在展览会里，他想象到这张画登在月报上，他笑了。

她走路好像是有弹性地奔腾。龙，小龙！她走得极快，他几乎要追着她。他们雇好船跳下去，船人一竹篙把船撑离了岸，他脱下衣裳卷起衫袖，他好高兴！她说她要先摇，他不肯，他点上烟含在嘴里叫她坐在对面。她忽然又腼腆起来低着头装着看莲花半晌没有说话，他的心像被蜂螫了一下，又觉得一阵窘，懊悔他出来。他想说话，却找不出一句话说，他尽摇着船，也不知过了多少时候她才抬起头来问他说："杉叔，美国到底好不好？"

"那得看你自己。"他觉得他自己的声音粗暴，他后悔他这样尖刻地回答她诚恳的问话。他更窘了。

她并没有不高兴，她说："我总想出去了再说。反正不喜欢我就走。"

这一句话本来很平淡，维杉却觉得这孩子爽快得可爱，他夸她说："好孩子，这样有决断才好。对了，别错认学位做学问就好了，你预备学什么呢？"

她脸红了半天说："我还没有决定呢，爹要我先进普通文科再说。我本来是要想学……"她不敢说下去。

“你要学什么坏本领，值得这么胆怯！”

她的脸更红了，同时也大笑起来，在水面上听到女孩子的笑声，真有说不出的滋味，维杉对着她看，心里又好像高兴起来。

“不能宣布么？”他又逗着追问。

“我想，我想学美术——画……我知道学画不该到美国去的，并且你还得有天才，不过……”

“你用不着学美术的，更不必学画。”维杉禁不住这样说笑。

“为什么？”她眼睛睁得很大。

“因为，”维杉这回觉得有点不好意思了，他低声说：“因为你的本身便是美术，你此刻便是一张画。”

他不好意思极了，为什么人不能够对着太年轻的女孩子说这种恭维的话？你一说出口，便要感着你自己的蠢，你一定要后悔的。她此刻的眼睛看着维杉，叫他又感着窘到极点了。她的嘴角微微地斜上去，不是笑，好像是鄙薄他这样地恭维她。没法子，话已经说出来了，你还能收回去？！窘，谁叫他自己找事！

两个孩子已经将船拢来，到他们一处，高兴地嚷着要赛船。小孙立在船上高高的细长身子穿着白色的衣裳在荷叶丛前边格外明显。他两只手叉在脑后，眼睛看着天，嘴里吹唱一些调子。他又伸只手到叶丛里摘下一朵荷花。

“接，快接！”他轻轻掷到芝的面前，“怎么了，大清早里睡着了？”

她只是看着小孙笑。

“怎样，你要在哪一边，快拣定了，我们便要赛船了。”维杉很老实地问芝，她没有回答。她哥哥替她决定了，说：“别换了，就这样吧。”

赛船开始了，荷叶太密，有时两个船几乎碰上，在这种时候芝便笑得高兴极了，维杉摇船是老手，可是北海的水有地方很浅有时不容易发展，可是他不愿意再在孩子们面前丢丑，他决定要胜过他们，所以他很加小心和力量。芝看到后面船渐渐要赶上时她便催他赶快，他也愈努力了。

太阳积渐热起来，维杉们的船已经比沅的远了很多，他们承认输了预备回去，芝说杉叔一定乏了，该让她摇回去，他答应了她。

他将船板取开躺在船底，仰着看天。芝将她的伞借他遮着太阳。自己把荷叶包在头上摇船。维杉躺着看云，看荷花梗，看水，看岸上的亭子，把一只手丢在水里让柔润的水浪洗着。他让芝慢慢地摇他回去，有时候他张开眼看她，有时候他简直闭上眼睛，他不知道他是快活还是苦痛。

少朗的孩子是老实人，浑厚得却不很笨，听说在学校里功课是极好的。走出北海时，他跟维杉一排走路和他说了好些话。他说他愿意在大学里毕业了才出去进研究院的。他说，可是他爹想后年送妹妹出去进大学；那样子他要是同走，大学里还差一年，很可惜，如果不走，妹妹又不肯白白地等他一年。当然他说小孙比他先一年完，正好可以和妹妹同走。不过他们三个老是在一起惯了，如果他们两人走了，他一个人留在国内一定要感着闷极了，他说，“炒鸡子”这事简直是“糟糕一麻丝”。

他又讲小孙怎样的聪明，运动也好，撑竿跳的式样“简直是太好”，还有游水他也好，“不用说，他简直什么都干！”他又说小孙本来在足球队里的，可是这次和天津比赛时，他不肯练。“你猜为什么？”他问维杉，“都是因为学校盖个喷水池，他整天守着石工看他们刻鱼！”

“他预备也学雕刻么？他爹我认得，从前也学过雕刻的。”维杉问他。

“那我不知道，小孙的文学好，他写了许多很好的诗，——爹爹也说很好的，”沅加上这一句证明小孙的诗的好是可靠的。“不过，他乱得很，稿子不是撕了便是丢了的。”他又说他怎样有时替他捡起抄了寄给《校刊》。总而言之沅是小孙的“英雄崇拜者”。

沅说到他的妹妹，他说他妹妹很聪明，她不像寻常的女孩那么“讨厌”，这里他脸红了，他说：“别扭得讨厌，杉叔知道吧？”他又说他班上有两个女学生，对于这个他表示非常得不高兴。

维杉听到这一大篇谈话，知道简单点讲，他维杉自己，和他们中间至少有一道沟，——并不是什么了不得的间隔，——只是一个年龄的深沟，桥是搭得过去的，不过深沟仍然是深沟，你搭多少条桥，沟是仍然不会消灭的。他问沅几岁，沅说："整整的快十九了，"他妹妹虽然是十七，"其实只满十六年。"维杉不知为什么又感着一阵不舒服，他回头看小孙和芝并肩走着，高兴地说笑。"十六，十七。"维杉嘴里哼哼着。究竟说三十四不算什么老，可是那就已经是十七的一倍了。谁又愿意比人家岁数大出一倍，老实说！

维杉到家时并不想吃饭，只是连抽了几根烟。过了一星期，维杉到少朗家里来。门房里陈升走出来说："老爷到对过张家借打电话去，过会子才能回来。家里电话坏了两天，电话局还不派人修理。"陈升是个打电话专家，有多少曲折的传话，经过他的嘴，就能一字不漏地溜进电话筒。那也是一种艺术。他的方法听着很简单，运用起来的玄妙你就想不到。那一次维杉走到少朗家里听到陈升在过厅里向着电话："喂，喂，喂，我说，我说呀！"维杉向陈升一笑，他真不能替陈升想象到没有电话时的烦闷。

"好，陈升，我自己到书房里等他，不用你了。"维杉一个人踱过那静悄悄的西院，金鱼缸，莲花，石榴，他爱这院子，还有隔墙的枣树，海棠。他掀开竹帘走进书房。迎着他眼的是一排丰满的书架。壁上挂的朱拓的黄批，和屋子当中的一大盆白玉兰，幽香充满了整间屋子。维杉很羡慕少朗的生活。

夏天里，你走进一个搭着天棚的一个清凉大院子，静雅的三间又大又宽的北屋，屋里满是琳琅的书籍，几件难得的古董，再加上两三盆珍罕的好花，你就不能不艳羡那主人的清福！

维杉走到套间小书斋里，想写两封信，他忽然看到芝一个人伏在书桌上。他奇怪极了，轻轻地走上前去。

“怎么了？不舒服么，还是睡着了？”

“吓我一跳！我以为是哥哥回来了。”芝不好意思极了。维杉看到她哭红了的眼睛。

维杉起先不敢问，心里感得不过意后来他伸一只手轻抚着她的头说：“好孩子，怎么了？”

她的眼泪更扑簌簌地掉到裙子上，她拈了一块——真是不到四寸见方——淡黄的手绢拼命地擦眼睛。维杉想，她叫你想到方成熟的桃或是杏，绯红的，饱饱的一颗天真，让人想摘下来赏玩，却不敢真真地拿来吃，维杉不觉得没了主意。他逗她说：“准是嬷打了！”

她拿手绢蒙着脸偷偷地笑了。

“怎么又笑了？准是你打了嬷了！”

这回她伏在桌上索性吃吃地笑起来。维杉糊涂了。他想把她的小肩膀搂住，吻她的粉嫩的脖颈，但他又不敢。他站着发了一会呆。他看到椅子上放着她的小纸伞，他走过去坐下开着小伞说玩。她仰起身来，又擦了半天眼睛，才红着脸过来拿她的伞，他不给。

“刚从哪里回来，芝？”他问她。

“车站。”

“谁走了？”

“一个同学，她是我最好的朋友，可是她……她明年不回来了！”她好像仍是很伤心。

他看着她没有说话。

“杉叔，您可以不可以给她写两封介绍信，她就快到美国去了。”

“到美国哪一个城？”

“反正要先到纽约的。”

“她也同你这么大么？”

“还大两岁多……杉叔您一定得替我写，她真是好，她是我最好的朋友了……杉叔，您不是有许多朋友吗，你一定得写。”

“好，我一定写。”

“爹说杉叔有许多……许多女朋友。”

“你爹这样说了么？”维杉不知为什么很生气。他问了芝她朋友的名字，他说他明天替她写那介绍信。他拿出烟来很不高兴地抽。这回芝拿到她的伞却又不走。她坐下在他脚边一张小凳上。

“杉叔，我要走了的时候您也替我介绍几个人。”

他看着芝倒翻上来的眼睛，他笑了，但是他又接着叹了一口气。他说："还早着呢，等你真要走的时候，你再提醒我一声。"

"可是，杉叔，我不是说女朋友，我的意思是：也许杉叔认得几个真正的美术家或是文学家。"她又拿着手绢玩了一会低着头说："篁哥，孙家的篁哥，他亦要去的，真的，杉叔，他很有点天才。可是他想不定学什么。他爹爹说他岁数太小，不让他到巴黎学雕刻，要他先到哈佛学文学，所以我们也许可以一同走……我亦劝哥哥同去，他可舍不得这里的大学。"这里她话愈说得快了，她差不多喘不过气来，"我们自然不单到美国，我们以后一定转到欧洲，法国，意大利，对了，篁哥连做梦都是做到意大利去，还有英国……"

维杉心里说："对了，出去，出去，将来，将来，年轻！荒唐的年轻！他们只想出去飞！飞！叫你怎不觉得自己落伍，老，无聊，无聊！"他说不出的难过，说老，他还没有老，但是年轻？！他看着烟卷没有话说。芝看着他不说话也不敢再开口。

"好，明年去时再提醒我一声，不，还是后年吧？那时我也许已经不在这里了。"

"杉叔，到哪里去？"

"没有一定的方向，也许过几年到法国来看你……那时也许你已经嫁了。"

芝急了，她说："没有的话，早着呢！"

维杉忽然做了一件很古怪的事，他俯下身去吻了芝的头发。他又伸过手拉着芝的小手。

少朗推帘子进来，他们两人站起来，赶快走到外间来。芝手里还拿着那把纸伞。少朗起先没有说话，过一会儿，他皱了一皱他那有文章的眉头说："你什么时候来的？"

"刚来。"维杉这样从容地回答他，心里却觉着非常之窘。

"别忘了介绍信，杉叔。"芝叮咛了一句又走了。

"什么介绍信？"少朗问。

"她要我替她同学写几封介绍信。"

"你还在和碧谛通信么？还有雷茵娜？"少朗仍是皱着眉头。

"很少……"维杉又觉得窘到极点了。星期三那天下午到天津的晚车里，旭窗遇到维杉在头等房间里靠着抽烟，问他到哪里去，维杉说回南，旭窗叫脚行将自己的皮包也放在这间房子里说："大暑天，怎么倒不在北京？"

"我在北京，"维杉说，"感得，感得窘极了。"他看一看他拿出来拭汗的手绢，"窘极了！"

"窘极了？"旭窗此时看到卖报的过来，他问他要《大公报》看，便也没有再问下去维杉为什么在北京感着"窘极了"。

香山，六月

（本文原载于徐志摩主编的《新月》）

九十九度中

林徽因

三个人肩上各挑着黄色，有“美丰楼”字号大圆篓的，用着六个满是泥泞凝结的布鞋，走完一条被太阳晒得滚烫的马路之后，转弯进了一个胡同里去。

“劳驾，借光——三十四号甲在哪一头？”在酸梅汤的摊子前面，让过一辆正在飞奔的家车——钢丝轮子亮得晃眼的——又向蹲在墙角影子底下的老头儿，问清了张宅方向后，这三个流汗的挑夫便又努力地往前走。那六只泥泞布履的脚，无条件地，继续着他们机械式的展动。

在那轻快的一瞥中，坐在洋车上的卢二爷看到黄篓上饭庄的字号，完全明白里面装的是丰盛的筵席，自然地，他估计到他自己午饭的问题。家里饭乏味，菜蔬缺乏个性，太太的脸难看，你简直就不能对她提到那厨子问题。这几天天太热，太热，并且今天已经二十二，什么事她都能够牵扯到薪水问题上，孩子们再一吵，谁能够在家里吃中饭！

“美丰楼饭庄”黄篓上黑字写得很笨大，方才第三个挑夫挑得特别吃劲，摇摇摆摆地使那黄篓左右地晃。美丰楼的菜不能算坏，义永居的汤面实在也不错，于是义永居的汤面？还是市场万花斋的点心？东城或西城？找谁同去聊天？逸九新从南边来的住在哪里？或许老孟知道，何不到和记理发馆借个电话？卢二爷估计着，犹豫着，随着洋车的起落。他又好像已经决定了在和记借电话，听到伙计们的招呼："二爷您好早？用电话，这边您哪！"

伸出手臂，他睨一眼金表上所指示的时间，细小的两针分停在两个钟点上，但是分明地都在挣扎着到达十二点上边。在这时间中，车夫感觉到主人在车上翻动不安，便更抓稳了车把，弯下一点背，勇猛地狂跑。二爷心里仍然疑问着面或点心，东城或西城，车已赶过前面的几辆。一个女人骑着自行车，由他左侧冲过去，快镜似的一瞥鲜艳的颜色，脚与腿，腰与背，侧脸、眼和头发，全映进老卢的眼里，那又是谁说过的老卢就是爱看女人！女人谁又不爱？难道你在街上真闭上眼不瞧那过路的漂亮的！

"到市场，快点。"老卢吩咐他车夫奔驰的终点，于是主人和车夫戴着两顶价格极不相同的草帽，便同在一个太阳底下，向东安市场奔去。

很多好看的碟子和鲜果点心，全都在大厨房院里，从黄色层篓中检点出来。立着监视的有饭庄的"二掌柜"和张宅的"大师傅"；两人都因为胖的缘故，手里都有把大蒲扇。大师傅举着扇扑一下进来凑热闹的大黄狗。

“这东西最讨嫌不过！”这句话大师傅一半拿来骂狗，一半也是来权作和掌柜的寒暄。

“可不是？他×的，这东西最可恶。”二掌柜好脾气地用粗话也骂起狗。

狗无聊地转过头到垃圾堆边闻嗅隔夜的肉骨。

奶妈抱着孙少爷进来，七少奶每月用六元现洋雇她，抱孙少爷到厨房、门房、大门口、街上一些地方喂奶连游玩的。今天的厨房又是这样地不同；饭庄的“头把刀”带着几个伙计在灶边手忙脚乱地炒菜切肉丝，奶妈觉得孙少爷是更不能不来看：果然看到了生人，看到狗，看到厨房桌上全是好看的干果，鲜果，糕饼，点心，孙少爷格外高兴，在奶妈怀里跳，手指着要吃。奶妈随手赶开了几只苍蝇，拣一块山楂糕放到孩子口里，一面和伙计们打招呼。

忽然看到陈升走到院子里找赵奶奶，奶妈对他挤了挤眼，含笑地问：“什么事值得这么忙？”同时她打开衣襟露出前胸喂孩子奶吃。

“外边挑担子的要酒钱。”陈升没有平时的温和，或许是太忙了的缘故。老太太这次做寿，比上个月四少奶小孙少爷的满月酒的确忙多了。

此刻那三个粗蠢的挑夫蹲在外院槐树荫下，用黯黑的毛巾擦他们的脑袋，等候着他们这满身淋汗的代价。一个探首到里院偷偷看院内华丽的景象。里院和厨房所呈的纷乱固然完全不同，但是它们纷乱的主要原因则是同样的，为着六十九年前的今天。

六十九年前的今天，江南一个富家里又添了一个绸缎金银裹托着的小生命。经过六十九个像今年这样流汗天气的夏天，又产生过另十一个同样需要绸缎金银的生命以后，那个生命乃被称为长寿而又有福气的妇人。这个妇人，今早由两个老妈扶着，坐在床前，拢一下斑白稀疏的鬓发，对着半碗火腿稀饭摇头："赵妈，我哪里吃得下这许多？你把锅里的拿去给七少奶的云乖乖吃吧！"

七十年的穿插，已经卷在历史的章页里，在今天的院里能呈露出多少，谁也不敢说，事实是今天，将有很多打扮得极体面的男女来庆祝，庆祝能够维持这样长久寿命的女人，并且为这一庆祝，饭庄里已将许多生物的寿命裁削了，拿它们的肌肉来补充这庆祝者的肠胃。

前两天这院子就为了这事改变了模样，簇新的喜棚支出瓦檐丈余尺高。两旁红喜字玻璃方窗，由胡同的东头，和顺车厂的院里是可以看得很清楚的。前晚上六点左右，小三和环子，两个洋车夫的儿子，倒土筐的时候看到了，就告诉他们嬷："张家喜棚都搭好了，是哪一个孙少爷娶新娘子？"他们嬷为这事，还拿了鞋样到陈大嫂家说个话儿。正看到她在包饺子，笑嘻嘻地得意得很，说老太太做整寿，多好福气——她当家的跟了张老太爷多少年。昨天张家三少奶还叫她进去，说到日子要她去帮个忙儿。

喜棚底下圆桌面就有七八张，方凳更是成叠地堆在一边；

几个夫役持着鸡毛帚，忙了半早上才排好五桌。小孩子又多，什么孙少爷，侄孙少爷，姑太太们带来的那几位都够淘气的。李贵这边排好几张，那边小爷们又扯走了排火车玩。

天热得厉害，苍蝇是免不了多，点心干果都不敢先往桌子上摆。冰化得也快，篓子底下冰水化了满地！汽水瓶子挤满了厢房的廊上，五少奶看见了只嚷不行，全要冰起来。

全要冰起来！真是的，今天的食品全摆起来够像个菜市，四个冰箱也腾不出一点空隙。这新买来的冰又放在哪里好？李贵手里捧着两个绿瓦盆，私下里咕噜着为这筵席所发生的难题。赵妈走到外院传话，听到陈升很不高兴地在问三个挑夫要多少酒钱。

“瞅着给吧。”一个说。

“怪热天多赏点吧。”又一个抿了抿干燥的口唇，想到方才胡同口的酸梅汤摊子，嘴里觉着渴。

就是这嘴里渴得难受，杨三把卢二爷拉到东安市场西门口，心想方才在那个“喜什么堂”门首，明明看到王康坐在洋车脚蹬上睡午觉。王康上月底欠了杨三十四吊钱，到现在仍不肯还，只顾着躲他。今天债主遇到赊债的赌鬼，心头起了各种的计算——杨三到饿的时候，脾气常常要比平时坏一点。天本来就太热，太阳简直是冒火，谁又受得了！

方才二爷坐在车上，尽管用劲踩铃，金鱼胡同走道的学生们又多，你撞我闯的，挤得真可以的。杨三擦了汗一手抓住车把，拉了空车转回头去找王康要账。

“要不着八吊要六吊，再要不着，要他 × 的几个混蛋嘴巴！”杨三脖干儿上太阳烫得像火烧。“四吊多钱我买点羊肉，吃一顿好的。葱花烙饼也不坏——谁又说大热天不能喝酒？喝点又怕什么——睡得更香。卢二爷到市场吃饭，进去少不了好几个钟头……”

喜燕堂门口挂着彩，几个乐队里人穿着红色制服，坐在门口喝茶——他们把大铜鼓搭在一旁，铜喇叭夹在两膝中间。杨三知道这又是哪一家办喜事。反正一礼拜短不了有两天好日子，就在这喜燕堂，哪一个礼拜没有一辆花马车，里面搀出花溜溜的新娘？今天的花车还停在一旁，“王康，可不是他！”杨三看到王康在小挑子的担里买香瓜吃。

“有钱的娶媳妇，和咱们没有钱的娶媳妇，还不是一样？花多少钱娶了她，她也短不了要这个那个的——这年头！好媳妇，好！你瞧怎么着？更惹不起！管你要钱，气你喝酒！再有了孩子，又得顾他们吃，顾他们穿。”

王康说话就是要“逗个乐儿”，人家不敢说的话他敢说，一群车夫听到他的话，各个高兴地凑点尾声。

李荣手里捧着大饼，用着他最现成的粗话引着那几个年轻的笑。李荣从前是拉过家车的——可惜东家回南，把事情就搁下来了——他认得字，会看报，他会用新名词来发议论：“文明结婚可不同了，这年头是最讲‘自由’‘平等’的了。”底下再引用了小报上捡来离婚的新闻打哈哈。

杨三没有娶过媳妇，他想娶，可是“老家儿”早过去了没有给他定下亲，外面瞎姘的他没敢要。前两天，棚铺的掌柜娘要同他做媒，提起一个姑娘说是什么都不错，这几天不知道怎么又没有讯儿了。今天洋车夫们说笑的话，杨三听了感着不痛快。看看王康的脸在太阳里笑得皱成一团，更使他气起来。

王康仍然笑着说话，没有看到杨三，手里咬剩的半个香瓜里面，黄黄的一把瓜子像不整齐的牙齿向着上面。

“老康！这些日子都到哪里去了？我这儿还等着钱吃饭呢！”杨三乘着一股劲儿发作。

听到声，王康怔了向后看，“呵，这打哪儿说的呢？”他开始赖帐了，“你要吃饭，你打你 × 的自己腰包里掏！要不然，你出个份子，进去那里边，”他手指着喜燕堂，“吃个现成的席去。”王康的嘴说得滑了，禁不住这样嘲笑着杨三。

周围的人也都跟着笑起来。

本来准备着对付赖账的巴掌，立刻打在王康的老脸上了。必须得扭打，由蓝布幕的小摊边开始，一直扩张到停洋车的地方。来往汽车的喇叭，像被打的狗，呜呜叫号。好几辆正在街心奔驰的洋车都停住了，流汗车夫连喊着“靠里！”“瞧车！”脾气暴的人顺口就是：“他 × 的，这大热天，单挑这么个地方！！”

巡警离开了岗位；小孩子们围上来；喝茶的军乐队人员全站起来看；女人们吓得只喊，“了不得，前面出事了吧！”

杨三提高嗓子只嚷着问王康：“十四吊钱，是你——是你拿走了不是了——”

呼喊的声浪由扭打的两人出发，膨胀，膨胀到周围各种人的口里“你听我说”“把他们拉开”“这样挡着路瞧腿要紧”。嘈杂声中还有人叉着手远远地喊，“打得好呀，好拳头！”

喜燕堂正厅里挂着金喜字红幛，几对喜联，新娘正在服从号令，连连地深深地鞠躬。外边的喧吵使周围客人的头同时向外面转，似乎打听外面喧吵的缘故。新娘本来就是一阵阵地心跳，此刻更加失掉了均衡；一下子撞上，一下子沉下，手里抱着的鲜花随着只是打颤。雷响深入她耳朵里，心房里。

“新郎新妇——三鞠躬”——“三鞠躬”。阿淑在迷惘里弯腰伸直，伸直弯腰。昨晚上她哭，她妈也哭，将一串经验上得来的教训，拿出来赠给她——什么对老人要忍耐点，对小的要和气，什么事都要让着点——好像生活就是靠容忍和让步支持着！

她焦心的不是在公婆妯娌间的委曲求全。这几年对婚姻问题谁都讨论得热闹，她就不懂那些讨论的道理遇到实际时怎么就不发生关系。她这结婚的实际，并没有因为她多留心报纸上，新文学上，所讨论的婚姻问题，家庭问题，恋爱问题，而减少了问题。

“二十五岁了。”有人问到阿淑的岁数时，她妈总是发愁似的轻轻地回答那问她的人，底下说不清是叹息是啰嗦。

在这旧式家庭里，阿淑算是已经超出应该结婚的年龄很多了。她知道，父母那急着要她出嫁的神情使她太难堪！他们天天在替他选择合适的人家——其实哪里是选择！反对她尽管反对，那只是消极的无奈何的抵抗，她自己明知道是绝对没有机会选择，乃至于接触比较合适，理想的人物！她挣扎了三年，三年的时间不算短，在她父亲看去那更是不可信的长久。

“余家又托人来提了，你和阿淑商量商量吧，我这身体眼见得更糟，这潮湿天……”父亲的话常常说得很响，故意要她听得见，有时在饭桌上脾气或许更坏一点。“这六十块钱，养活这一大家子！养儿养女都不够，还要捐什么钱？干脆饿死！”有时更直接更难堪：“这又是谁的新褂子？阿淑，你别学时髦穿了到处走，那是找不着婆婆家的——外面瞎认识什么朋友我可不答应，我们不是那种人家！”懦弱的母亲低着头装作缝衣：“妈劝你将就点，爹身体近来不好，女儿不能在娘家一辈子的。这家子不算坏，差事不错，前妻没有孩子不能算填房。”

理论和实际似乎永不发生关系，理论说婚姻得怎样又怎样，今天阿淑都记不得那许多了。实际呢，只要她点一次头，让一个陌生的，异姓的，异性的人坐在她家里，乃至于她旁边，吃一顿饭的手续，父亲和母亲这两三年——竟许已是五六年——来的难题便突然地，在他们是觉得极文明地解决了。

对于阿淑这订婚的疑惧，常使她父亲像小孩子似的自己安慰自己：阿淑这门亲事真是运气呀，说时总希望阿淑听见这话。不知怎样，阿淑听到这话总很可怜父亲，想装出高兴样子来安慰他。母亲更可怜；自从阿淑订婚以来总似乎是她抱歉，常常哑着嗓子说："看我做母亲的这份心上面。"

看做母亲的那份心上面！那天她初次见到那陌生的，异姓的异性的人，那个庸俗的典型触碎她那一点脆弱的爱美的希望，她怔住了，能去寻死，为婚姻失望而自杀么？可以大胆告诉父亲，这婚约是不可能的么？能逃脱这家庭的苛刑（在爱的招牌下的）去冒险，去飘落么？她没有勇气说什么，她哭了一会，妈也流了眼泪，后来妈说："阿淑你这几天瘦了，别哭了，做娘的也只是一份心。"现在一鞠躬，一鞠躬地和幸福作别，事情已经太晚得没有办法了。

吵闹的声浪愈加明显了一阵，伴娘为新娘戴上手指，又由赞礼的喊了一些命令。

迷离中阿淑开始幻想那外面吵闹的原因：洋车夫打电车吧，汽车轧伤了人吧，学生又请愿，当局派军警弹压吧！但是阿淑想怎么我还如是焦急，现在我该像死人一样了，生活的波澜该沾不上我了，像已经临刑的人。但临刑也好，被迫结婚也好，在电影里到了这种无可奈何的时候总有一个意料不到快慰人心的解脱，不合法，特赦。恋人骑着马星夜奔波地赶到，但谁是她的恋人？除却九哥！学政治法律，讲究新思想的九哥，得着他表妹阿淑结婚的消息不知怎样？他恨由父母把持的婚姻，但准知道他关心么？他们多少年不来往了，虽然在山东住的时候，他们曾经邻居，两小无猜地整天在一起玩。幻想是不中用的，九哥先就不在北平，两年前他回来过一次，她记得自己遇到九哥扶着一位漂亮的女同学在书店前边，她躲过了九哥的视线，惭愧自己一身不入时的装束，她不愿和九哥的女友做个太难堪的比较。

感到手酸，心酸，浑身打颤，阿淑由一堆人拥簇着退到里面房间休息。女客们在新娘前后彼此寒暄招呼，彼此注意大家的装扮。有几个很不客气在批评新娘子，显然认为不满意。“新娘太单薄点。”一个摺着十几层下颌的胖女人，摇着扇和旁边的六姨说话。阿淑觉到她自己真可以立刻碰得粉碎；这位胖太太像一座石臼，六姨则像一根铁杵横在前面，阿淑两手发抖拉紧了一块丝巾，听老妈在她头上不住地搬弄那几朵绒花。

随着花露水香味进屋子来的，是锡娇和丽丽，六姨的两个女儿，她们的装扮已经招了许多羡慕的眼光。有电影明星细眉的锡娇抓把瓜子嗑着，猩红的嘴唇里露出雪白的牙齿。她暗中扯了她妹妹的衣襟，嘴向一个客人的侧面努了一下。丽丽立刻笑红了脸，拿出一条丝绸手绢蒙住嘴挤出人堆到廊上走。望着已经在席上的男客们。有几个已经提起筷子高高兴兴地在选择肥美的鸡肉，一面讲着笑话，顿时都为着丽丽的笑声，转过脸来，镇住眼看她。丽丽扭一下腰，又摆了一下，软的长衫轻轻展开，露出裹着肉色丝袜的长腿走过另一边去。

年轻的茶房穿着蓝布大褂，肩搭一块桌布，由厨房里出来，两只手拿四碟冷荤，几乎撞住丽丽。闻到花露香味，茶房忘却顾忌地斜过眼看。昨晚他上菜的时候，那唱戏的云娟坐在首席曾对着他笑，两只水钻耳坠，打秋千似的左右晃。他最忘不了云娟旁座的张四爷，抓住她如玉的手臂劝干杯的情形。笑眯眯的带醉的眼，云娟明明是向着正端着大碗三鲜汤的他笑。他记得放平了大碗，心还怦怦地跳。直到晚上他睡不着，躺在院里板凳上乘凉，随口唱几声“孤王酒醉”才算松动了些。今天又是这么一个笑嘻嘻的小姐，穿着这一身软，茶房垂下头去拿酒壶，心底似乎恨谁似的一股气。

“逸九你喝一杯什么？”老卢做东这样问。

“我来一杯香桃冰激凌吧。”

“你去拣几块好点心，老孟。”主人又招呼那一个客人。午饭问题算是如此解决了。为着天热，又为着起得太晚，老卢看到点心铺前面挂的“卫生冰激凌，咖啡，牛乳，各样点心”这种动人的招牌，便决意里面去消磨时光。约到逸九和老孟来聊天，老卢显然很满意了。

三个人之中，逸九最年少，最摩登。在中学时代就是一口英文，屋子里挂着不是“梨娜”就是“琴妮”的相片，从电影杂志里细心剪下来的，圆一张，方一张，满壁动人的娇憨。——他到上海去了两年，跳舞更是出色了，老卢端详着自己的脚，打算找逸九带他到舞场拜老师去。

“哪个电影好，今天下午？”老孟抓一张报纸看。

邻座上两个情人模样男女，对面坐着呆看。男人有很温和的脸，抽着烟没有说话；女人的侧相则颇有动人的轮廓，睫毛长长地活动着，脸上时时浮微笑。她的青纱长衫罩着丰润的肩臂，带着神秘性的淡雅。两人无声地吃着冰激凌，似乎对于一切完全地满足。老卢、老孟谈着时局，老卢既是机关人员，时常免不了说“我又有个特别的消息，这样看来里面还有原因”，于是一层一层地做更详细原因的检讨，深深地浸入政治波澜里面。

逸九看着女人的睫毛，和浮起的笑涡，想到好几年前同在假山后捉迷藏的琼两条发辫，一个垂前，一个垂后地跳跃。琼已经死了这六七年，谁也没有再提起过她。今天这青长衫的女人，单单叫他心底涌起琼的影子。不可思议的，淡淡的，记忆描着活泼的琼。在极旧式的家庭里淘气，二舅舅提根旱烟管，厉声地出来停止她各种的嬉戏。但是琼只是敛住声音低低地笑。雨下大了，院中满是水，又是琼胆子大，把裤腿卷过膝盖，赤着脚，到水里装摸鱼。不小心她滑倒了，还是逸九去把她抱回来。和琼差不多大小的还有阿淑，住在对门，他们时常在一起玩，逸九忽然记起瘦小，不爱说话的阿淑来。

“听说阿淑快要结婚了，嬷嘱咐到表姨家问候，不知道阿淑要嫁给谁！”他似乎怕到表姨家。这几年的生疏叫他为难，前年他们遇见一次，装束不入时的阿淑倒有种特有的美，一种灵性，奇怪今天这青长衫女人为什么叫他想起这许多。

“逸九，你有相当的聪明、手腕，你又能巴结女人，你也应该来试试，我介绍你见老王。”

倦了的逸九忽然感到苦闷。

老卢手弹着桌边表示不高兴：“老孟你少说话，逸九这位大少爷说不定他倒愿意去演电影呢！”种种都有一点落伍的老卢嘲笑着翩翩年少的朋友出气。

青纱长衫的女人和她朋友吃完了，站了起来。男的手托着女人的臂腕，无声地绕过他们三人的茶桌前面，走出门去。老卢、逸九注意到女人有秀美的腿，稳健的步履。两人的融洽，在不言不语中流露出来。

“他们是甜心！”

“愿有情人都成眷属。”

“这女人算好看不？”

三个人同时说出口来，各个有所感触。

午后的热，由窗口外嘘进来，三个朋友吃下许多清凉的东西，更不知做什么好。

“电影院去，咱们去研究一回什么‘人生问题’‘社会问题’吧？”逸九望着桌上的空杯，催促着卢、孟两个走。心里仍然浮着琼的影子。活泼、美丽、健硕，全幻灭在死的幕后，时间一样地向前，计量着死的实在。像今天这样，偶尔地回忆就算是证实琼有过活泼生命的唯一的证据。

东安市场门口洋车像放大的蚂蚁一串，头尾衔接着放在街沿。杨三已不在他寻常停车的地方。

“区里去，好，区里去！咱们到区里说个理去！”就是这样，王康和杨三到底结束了殴打，被两个巡警弹压下来。

刘太太打着油纸伞，端正地坐在洋车上，想金裁缝太不小心了，今天这件绸衫下摆仍然不合适，领也太小，紧得透不了气，想不到今天这样热，早知道还不如穿纱的去。裁缝赶做的活总要出点毛病。实甫现在脾气更坏一点，老嫌女人们麻烦，每次有个应酬你总要听他说一顿的。今天张老太太做整寿，又不比得寻常的场面可以随便。

对面来了浅蓝色衣服的年轻小姐，极时髦的装束使刘太太睁大了眼注意了。

“刘太太哪里去？”蓝衣小姐笑了笑，远远招呼她一声过去了。

“人家的衣服怎么如此合适！”刘太太不耐烦地举着花纸伞。

“呜呜——呜呜……”汽车的喇叭响得震耳。

“打住。”洋车夫紧抓车把，缩住车身前冲的趋势。汽车过去后，由刘太太车旁走出一个巡警，带着两个粗人：一根白绳由一个臂膀系到另一个的臂上。巡警执着绳端，板着脸走着。一个粗人显然是车夫；手里仍然拉着空车，嘴里咕噜着。很讲究的车身，各件白铜都擦得放亮，后面铜牌上还镌着“卢”字。这又是谁家的车夫，闹出事让巡警拉走。刘太太恨恨地一想车夫们爱肇事的可恶，反正他们到区里去少不了东家设法把他们保出来的。

“靠里！靠里！”威风的刘家车夫是不耐烦挤在别人车后的——老爷是局长，太太此刻出去阔绰地应酬，洋车又是新打的，两盏灯发出银光，哗啦一下，靠手板在另一个车边擦一下，车已猛冲到前头走了。刘太太的花油纸伞在日光中摇摇荡荡地迎着风，顺着街心溜向北去。

胡同口酸梅汤摊边刚走开了三个挑夫。酸凉的一杯水，短时间地给他们愉快，六只泥泞的脚仍然踏着滚烫的马路行去。卖酸梅汤的老头儿手里正数着几十枚铜元，一把小鸡毛帚夹在腋下。他翻上两颗黯淡的眼珠，看看过去的花纸伞，知道这是到张家去的客人。他想今天为着张家做寿，客人多，他们的车夫少不得来摊上喝点凉的解渴。

“两吊……三吊……”他动着他的手指，把一叠铜元收入摊边美人牌香烟的纸盒中。不知道今天这冰够不够使用的，他翻开几重荷叶和一块灰黑色的破布，仍然用着他黯淡的眼珠向瓷缸里的冰块端详了一回。“天不热，喝的人少，天热了，冰又化得太快！”事情哪一件不有为难的地方，他叹口气再翻眼看看过去的汽车。汽车轧起一阵尘土，笼罩着老人和他的摊子。

寒暑表中的水银从早起上升，一直过了九十五度的黑线上。喜棚底下比较荫凉的一片地面上曾聚过各种各色的人物。丁大夫也是其间一个。

丁大夫是张老太太内侄孙，德国学医刚回来不久，麻利，漂亮，现在社会上已经有了声望，和他同席的都借着他是医生的缘故，拿北平市卫生问题做谈料，什么虎疫、伤寒、预防针、微菌，全在吞咽八宝冬瓜、瓦块鱼、锅贴鸡、炒虾仁中间讨论过。

“贵医院有预防针，是好极了。我们过几天要来麻烦请教了。”说话的以为如果微菌听到他有打预防针的决心也皆气馁了。

“欢迎，欢迎。”

厨房送上一碗凉菜。丁大夫踌躇之后决意放弃吃这碗菜的权利。

小孩们都抢了盘子边上放的小冰块，含到嘴里嚼着玩，其他客喜欢这凉菜的也就不少。天实在热！

张家几位少奶奶装扮得非常得体，头上都戴朵红花，表示对旧礼教习尚仍然相当遵守的。在院子中盘旋着做主人，各人心里都明白自己今天的体面。好几个星期前就顾虑到的今天，她们所理想到的今天各种成功，已然顺序地，在眼前实现。虽然为着这重要的今天，各人都轮流着觉得受过委屈，生过气，用过心思和手腕，将就过许多不如意的细节。

老太太颤巍巍地喘息着，继续维持着她的寿命。杂乱模糊的回忆在脑子里浮沉。兰兰七岁的那年送阿旭到上海医病的，那年真热，生四宝的时候在湖南，于是生育、病痛、兵乱、行旅、婚娶，没秩序、没规则地纷纷在她记忆下掀动。

“我给老太太拜寿，您给回一声吧。”

这又是谁的声音？这样大！老太太睁开打瞌睡的眼，看一个浓妆的妇人对她鞠躬问好。刘太太，——谁又是刘太太，真是的！今天客人太多了，好吃劲。老太太扶着赵妈站起来还礼。

“别客气了，外边坐吧。”二少奶伴着客人出去。

谁又是这刘太太？老太太模模糊糊地又做了一些猜想，望着门槛又堕入各种的回忆里去。

坐在门槛上的小丫头寿儿，看着院里石榴花出神。她巴不得酒席可以快点开完，底下人们可以吃中饭，她肚子里实在饿得慌。一早眼睛所接触的，大部分几乎全是可口的食品，但是她仍然是饿着肚子，坐在老太太门槛上等候呼唤。她极想再到前院去看看热闹，但为想到上次被打的情形，只得竭力忍耐。在饥饿中，有一桩事她仍然没有忘掉她的高兴。因为老太太的整寿大少奶给她一副银镯。虽然为着捶背而酸乏的手臂懒得转动，她仍不时得意地举起手来，晃摇着她的新镯子。

午后的太阳斜到东廊上，后院子暂时沉睡在静寂中。幼兰在书房里和羽哭着闹脾气："你们都欺侮我，上次赛球我就没有去看。为什么要去？反正人家也不欢迎我，慧石不肯说，可是我知道你和阿玲在一起玩得上劲。"抽噎的声音微微地由廊上传来。

"等会客人进来了不好看，别哭，你听我说绝对没有这么回事的。咱们是亲表谁不知道我们亲热，你是我的兰，永远，永远的是我的最爱最爱的你，信我！"

"你在哄骗我，我永远不会再信你的了。"

"你又来伤我，你心狠！"

声音微下去，也和缓了许多，又过了一些时候。才有轻轻的笑语声。小丫头仍然饿得慌，仍然坐在门槛上没有敢动，她听着小外孙小姐和羽孙少爷老是吵嘴，哭哭啼啼的，她不懂。一会儿他们又笑着一块儿由书房里出来。

“我到婆婆的里间洗个脸去。寿儿你给我打盆洗脸水去。”

寿儿得着打水的命令，高兴地站起来。什么事也比坐着等老太太睡醒都好一点。

“别忘了晚饭等我一桌吃。”羽说完大步地跑出去。

后院顿时又堕入闷热的静寂里，柳条的影子画上粉墙，太阳的红比得胭脂。墙外天蓝蓝的没有一片云，像戏台上的布景。隐隐地送来小贩子叫卖的声音——卖西瓜的——卖凉席的，一阵一阵。

挑夫提起力气喊他孩子找他媳妇。天快要黑下来，媳妇还坐在门口纳鞋底子，赶着那一点天亮再做完一只。一个月她当家的要穿两双鞋子，有时还不够的，方才当家的回家来说不舒服，睡倒在炕上，这半天也没有醒。她放下鞋底又走到旁边一家小铺里买点生姜，说几句话儿。

断续着呻吟，挑夫开始感到苦痛，不该喝那冰凉东西，早知道这大暑天，还不如喝口热茶！迷惘中他看到茶碗、茶缸，施茶的人家，碗、碟、果子杂乱地绕着大圆篓，他又像看到张家的厨房。不到一刻他肚子里像纠麻绳一般痛，发狂的呕吐使他沉入严重的症候里和死搏斗。

挑夫媳妇失了主意，喊孩子出去到药铺求点药。那边时常夏天是施暑药的。

邻居积渐知道挑夫家里出了事，看过报纸的说许是霍乱，要扎针的。张秃子认得大街东头的西医丁家，他披上小褂子，一边扣钮子，一边跑。丁大夫的门牌挂高高的，新漆大门两扇紧闭着。张秃子找着电铃死命地按，又在门缝里张望了好一会，才有人出来开门。“什么事？什么事？”门房望着张秃子生气，张秃子看着丁宅的门房说，“劳驾——劳驾您大爷，我们‘街坊’李挑子中了暑，托我来行点药。”

“丁大夫和管药房先生‘出份子去了’没有在家，这里也没有旁人，这事谁又懂得？！”门房吞吞吐吐地说，“还是到对门益年堂打听吧。”大门已经差不多关上。

张秃子又跑了，跑到益年堂，听说一个孩子拿了暑药已经走了。张秃子是信教的，他相信外国医院的药，他又跑到那边医院里打听，等了半天，说那里不是施医院，并且也不收传染病的，医生晚上也都回家了，助手没有得上边话不能随便走开的。

“最好快报告区里，找卫生局里人。”管事的告诉他，但是卫生局又在哪里？

到张秃子失望地走回自己院子里的时候，天已经黑了下来，他听见李大嫂的哭声知道事情不行了。院里磁罐子里还放出浓馥的药味。他顿一下脚，“咱们这命苦的！”他已在想如何去捐募点钱，收殓他朋友的尸体。叫孝子挨家去磕头吧！

天黑了下来张宅跨院里更热闹，水月灯底下围着许多孩子，看变戏法的由袍子里捧出一大缸金鱼，一盘子“王母蟠桃”献到老太太面前。孩子们都凑上去验看金鱼的真假。老太太高兴地笑。

大爷熟识捧场过的名伶自动地要送戏，正院前边搭着戏台，当差的忙着拦阻外面杂人往里挤，大爷由上海回来，两年中还是第一次——这次碍着母亲整寿的面，不回来太难为情。这几天行市不稳定，工人们听说很活动，本来就不放心走开，并且厂里的老赵靠不住，大爷最记挂！

看到院里戏台上正开场，又看廊上的灯，听听厢房各处传来的牌声、风扇声、开汽水声，大爷知道一切都圆满地进行，明天事完了，他就可以走了。

“伯伯上哪儿去？”游廊对面走出一个清秀的女孩。他怔住了看，慧石——是他兄弟的女儿，已经长得这么大了？大爷伤感着，看他早死兄弟的遗腹女儿，她长得实在像她爸爸！

“慧石，是你。长得这样俊，伯伯快认不得了。”

慧石只是笑，笑。大伯伯还会说笑话，她觉得太料想不到的事，同时她像被电击一样，触到伯伯眼里蕴住的怜爱，一股心酸抓紧了她的嗓子。

她仍只是笑。

“哪一年毕业？”大伯伯问她。

“明年。”

“毕业了到伯伯那里住。”

“好极了。”

“喜欢上海不？”

她摇摇头：“没有北平好。可是可以找事做，倒不错。”

伯伯走了，容易伤感的慧石急忙回到卧室里，想哭一哭，但眼睛湿了几回，也就不哭了，又在镜子前抹点粉笑了笑；她喜欢伯伯对她那和蔼态度。嬷常常不满伯伯和伯母的，常说些不高兴他们的话，但她自己却总觉得喜欢这伯伯的。

也许是骨肉关系有种不可思议的亲热，也许是因为感激知己的心，慧石知道她更喜欢她这伯伯了。

厢房里电话铃响。

"丁宅呀，找丁大夫说话？等一等。"

丁大夫的手气不坏，刚和了一牌三翻，他得意地站起来接电话：

"知道了，知道了，回头就去叫他派车到张宅来接。什么？要暑药的？发痧中暑？叫他到平济医院去吧。"

"天实在热，今天，中暑的一定不少。"五少奶坐在牌桌上抽烟，等丁大夫打电话回来，"下午两点的时候刚刚九十九度啦！"她睁大了眼表示严重。

"往年没有这么热，九十九度的天气在北平真可以的了。"一个客人摇了摇檀香扇，急着想做庄。

"咯突"一声，丁大夫将电话挂上。

报馆到这时候积渐热闹，排字工人流着汗在机器房里忙着。编辑坐到公事桌上面批阅新闻。本市新闻由各区里送到；编辑略略将张宅名伶送戏一节细细看了看，想到方才同太太在市场吃冰激凌后，遇到街上的打架，又看看那段厮打的新闻，于是很自然地写着"西四牌楼三条胡同卢宅车夫杨三……"，新闻里将杨三王康的争斗形容得非常动听，一直到了“扭区成讼”。

再看一些零碎，他不禁注意到挑夫霍乱数小时毙命一节，感到白天去吃冰激凌是件不聪明的事。

杨三在热臭的拘留所里发愁，想着主人应该得到他出事的消息了，怎么还没有设法来保他出去。王康则在又一间房子里喂臭虫，苟且地睡觉。

“哪儿呀？我卢宅呀，请王先生说话，”老卢为着洋车被扣已经打了好几个电话了，在晚饭桌他听着太太的埋怨。那杨三真是太没有样子，准是又喝醉了，三天两回闹事。

“对啦，找王先生有要紧事。出去饭局了么？回头请他给卢宅来个电话！别忘了！”

这大热晚上难道闷在家里听太太埋怨？杨三又没有回来，还得出去雇车，老卢不耐烦地躺在床上看报，一手抓起一把蒲扇赶开蚊子。

（本文原载于1934年5月《学文》1卷第1期）

国图典藏版本展示

大公報文藝叢刊

小說選

林徽因選輯

1936

大公報文藝叢刊

1

小說選

林徽因選輯

1936

大公報文藝叢刊

小說選

選輯：林徽因

裝幀：錢君匋

出版：大公報館
上海法租界愛多亞路一八一號
天津法租界三十號路一六一號

印刷：中國科學公司
上海福煦路六四九號

發行：大公報代辦部
上海福州路四三六號

分館

南京 建康路　上海 福州路　漢口 黃陂路　武昌 萃豐巷　鄭州 苑陵街　太原 樓兒底　福州 安民巷　杭州 國貨街　鎮江 中山路　廣州 三元坊　梧州 九坊路　徐州 來賓巷　蚌埠 華昌館　成都 昌福館　迪化 撫西街　張垣 下堡　昆明 鹽犀社　青島 易州路　芝罘路　費縣路

北平　開封　西安　洛陽　安慶　南昌　保定　歸化　貴陽　唐山　長沙　蘭州　西寧　寧夏　濟南　重慶

絨線胡同　中山北街　中山大街　五洲報社　協通報社　純陽道院　中山中街　秀水胡同　公興報社　北新書局　裕新報社　新民報社　甘肅報社　青海報社　工業報社　1三馬路　2塘子街　3緯四路　4后宰門　建華公司　民衆報社　新生命社

平裝實價四角五分　精裝實價六角

一九三六年八月初版

文藝叢刊小說選題記

林徽因

大公報文藝副刊出了一年多，現在要將這第一年中屬於創造的短篇小說提出來，選出若干篇印成單行本供給讀者更方便的閱覽。這個工作的確該使認眞的作者和讀者兩方面全都高興。

這裏篇數並不多，人數也不多，但是聚在一個小小的選集裏也還結實飽滿，拿到手裏可以使人充滿喜悅的希望。

我們不怕讀者讀過了以後，這燃起的希望或者又會黯下變成失望。因爲這失望竟許是不可免的，如果讀者對創造界誠懇的抱着很大的理想，心裏早就壘着不平常的企望。但只要是讀者誠實的反應，我們都不害怕。因爲這裏是一堆作者老實的成績，合起來代表一年中創造界一部份的試驗，無論拿什麼標準來衡量它，斷定它的成功或失敗，誰也沒有一句話說的。

現在姑且以編選人對這多篇作品所得的感想來說，供讀者流覽許閱這本選集時一種參考，簡單的就是底下的一點意見。

如果我們取鳥瞰的形勢來觀察這個小小的局面，至少有一個最顯著的現象展在我們眼下。在這些作品

報復

李同愈

站長板起鐵青的面皮，坐在那把有大窟窿的舊籐椅子上，爲了七次車的誤點，心上暗暗生氣。隨着這七次車來的，有一個站長的少年時的好友，說是這一回到泰山旅行，路過××這小地方，想順便看看老朋友。這當然是使站長高興的事情。他在自己的房內預備了招待朋友的床舖，又預備了一頓豐盛的晚餐。七次車該下午五點半到站，此刻已過了二十分鐘，鄰站還不曾來要路簽。這突然的誤點，好像故意要站長生氣似的。

站長就想像這朋友的神氣，那貓頭鷹臉，一副偏圓眼，一個短下巴。這人爽利清脆的口音還彷彿留在耳裏，計算起來却已經十年不見了。

隣站的電話來了，說七次車的車頭壞了機件，所以遲了半小時。站長把路簽發了過去，隨手摸了一枝烟照例把白粉裝上烟頭，作高射砲姿勢，用力吸了一口，聳聳肩膀，露一絲苦笑。

一刻鐘之後，站長迎着那位十年不見的老友走出了站臺，在燈光之下，各人凝視着對方，臉上都顯出了驚訝的表情，好像說：「怎麼變了這個樣子？」

這是的確要使人驚訝的。那裏貓頭鷹臉已變成胖子神氣，而原來有胖子神氣的站長，此刻瘦得成了一層皮綳在臉上，而這臉色又青得怕人。

然而他們一坐下來，胖子神氣的人可耐不住沉默了。他放開了爽利的口音，問他的朋友：

「老管，怎麼回事兒，變了樣子？」

「那還不是當然的！十年啦，誰不變？」

這名爲老管的站長，自從學來了烟頭上裝白粉，三年以來把一切嗜好興趣全消磨淨盡。他不曾娶女人，他沒有父母，來去是一個人。而吸這烟頭上的白粉成了他生活中最重要的一部分了。

這是件不名譽的事。可是，老管就怕聽人說到這。

「我愛這個，我高興，誰也管不着。」

一生氣，他就給人家一個釘子碰。他不願意聽人家好意的勸。他高興這個，明知要傷害到自己的生命，但爲了他高興，就從不曾想到戒除。

「爲什麼要戒除？做人總有一件高興的事！不高興這個，高興那個，不是一樣？」

所以，誰都不去勸他了。

可是今天來的朋友却不知老管這執拗性情。老管就怕他來勸，如果照例給他碰回去，像不適宜於欵待遠來的朋友。他就先把話說在頭裏：

「大生。你看這個。」

他從衣袋裏又摸出那包粉，隨手裝在一支烟頭上。

「那是什麽？老海？」

「對啦！這是老海。我告你，人生於世，總要尋一件自己認爲高興的事情。這個，我，高興了三年……」

老管用火點着，使勁吸了一口。

「嗳！你怎麽弄起這個來？」

老管不回答，若無其事，笑着。

「嗳嗳！我說老管，我勸你不要玩這一手。你不知道啦！這東西，害人……」

「我全知道。知道而且明白，誰也不能比我再知道得清楚。可是我不已經把話說完了？我愛這個。」

朋友大生還想說下去，老管可有點生氣了。然而老管沒有法子禁止他。他說：

「笑話笑話，那有這樣甘心墮落的人！這簡直把生命開玩笑！」

老管不再說話了。他是生了氣，生了大氣。雖說朋友是好心說的，但說得太過分了。這眞是不可恕的侮辱。他不再說話，心裏盤算，怎樣給朋友報復一下。

把一頓特備的晚餐吃過以後，在這個小車站上，沒有地方好去。他們談一點過去的事情，隨後，朋友似乎有

小還的悲哀

叔文

小還在一陣雜亂的語聲中走出了教室，滿心裏蘊着說不出的難過，轉了灣，仍然覺得有二十雙令人難堪的眼光釘在脊背上，熱辣辣的，老扯不斷。心裏越急，脚下就越走不快，汗水直打頭髮窠裏往頸子裏流，本來瘦削不健康的臉，到此也愈見蒼白了。

你說小還準是犯了過給老師罰站一點鐘；做學生的，左不過是這些事：書背不出了，打了人了，罵了人了，然後又挨了老師的罵——，哈，你這麼想，你錯了，全不是，全不是。

然而究竟爲什麼呢？小還今天有些異樣，別的不說，走路喪魂失魄的總很明顯。你瞧，走出校門，已撞過兩次洋車了。第三次撞在一架賣鮮棗的担子上，把籃子裏肥肥的一些大紅棗滾了滿地，害得那個賣棗子的一面歪下身子捉捕灰土裏的棗子，一面就睜起一對大眼向小還叱罵：

「小砍頭的，瞎了眼啦？幹嗎走路不瞧着走！趕殺也——」

小還撞潑了棗子心裏慌，本想爲那人檢了起來，不想被那人一罵就罵糊塗了。心裏又羞又急，拔起腿就跑，在人叢中跑了一陣，書包在背後把大腿打得生疼。跑着跑着，耳朵裏聽得轟隆隆彷彿響雷聲音，已到巷口大街

瘋子？

楊寶琴

『她們倒底幹什麼呢?』

猜疑多日的米爾女士這次眞是忍無可忍了，好奇心鼓動着她忘了他們洋人最忌諱偷看人家私事的習慣，蹲下身軀，左眼閉着右眼貼近門上鎖鑰的縫隙，向裏望去，正看見學生張素蘭和她同住的校醫洪寶珠在接吻。米爾女士嚇了一跳，中國人除了夫婦那有接吻的?莫非她們正在實行同性戀愛?難怪洪醫生一見張素蘭來，就把她拉到自己的書房裏去，原來作着這樣醜事!想到這裏，四十餘歲老處女的臉上，竟發起燒來。但爲想看個究竟，她依然貼着鎖孔張望。這時她看見洪校醫的臉正對着她，慈母般替張素蘭揩着眼淚。張素蘭也像小鳥依人似的靠着洪醫生正在抽咽。洪醫生替她揩完淚，又把預備借她看的三冊書和她自己帶來的講義夾子疊在一起交給她，挽着她的手臂，像是要送她出來的樣子。米爾女士趕緊站起來，躲到沙發上去翻雜誌，果然洪醫生和張素蘭並肩走出來，送到客廳門口，還聽見洪醫生對張素蘭囑咐道:

『有工夫常來這裏玩玩，不快樂的事情別悶在心裏，那是會成病的。』

一直望到張素蘭走出院子，她的背影爲垂柳遮住，洪醫生才轉身回到客廳，看見米爾女士還在翻閱雜誌，

享福

前羽

爐子裏的煤火爆着微响，老太太從沙發靠手邊撈着了那個鐵簽子，把爐子的門打開了，紅的火頭上飄着碧焰，浮動的微弱的火光映照在老太太的臉上。天已夜了，屋中還無燈光。

老太太看看爐裏的火焰，覺得自己像是浮在水上，晚飯時吃下的「衛生」的東西老是耿着在心上，總似乎還有些氣味，怪不好受。

小孫六六充滿了快樂跑進屋裏來，她望着爐邊的老太太說：

「奶奶，你眞像個菩薩，像個貼了金的菩薩。嘿！天黑了，我來開燈。」她走去扭電燈機關，踮着脚那隻手還仍然够不着。「唉！我開不着，奶奶，我六歲了怎麽還不長高呀，我去叫媽來開。」

老太太望着六六出去後，她一手扶着沙發背，想站起來去開電燈，這時節六六的媽媽却進來了，一眼看見老太太站起來了，趕忙又扶着她坐下，順手把燈扭亮了。屋子裏陡然一亮，老太太只覺得眩目，趕忙閉着眼睛。六六看了看老太太的坐位，然後說：

「奶奶，太近火爐邊不合衛生，老這樣坐着也悶了吧，您坐過這邊來，換換地方新鮮些。」說了就把另一大

模影零篇

林徽因

(一)鍾綠

鍾綠是我記憶中第一個美人，因為一個人一生見不到幾個真正負得起「美人」這稱呼的人物，所以我對於鍾綠的記憶，珍惜得如同他人私藏一張名畫，輕易不拿出來給人看，我也就輕易的不和人家講她。除非是一時什麼高興使我大膽的，興奮的，告訴一個朋友，我如何如何的曾經一次看到真正的美人。

很小的時候，我常聽到一些紅顏薄命的故事，老早就印下這種迷信，好像美人一生總是不幸的居多。尤其是，最初叫我知道世界上有所謂美人的，就是一個身世極淒涼的年輕女子。她是我家親戚家中傳統的認為一個最美的人。雖然她已死了多少年，說起她來，大家總還帶着那種感慨，也只有一個美人死後能使人起的那樣感慨。說起她，大家總都有一些美感的回憶。我嬸娘常記起的是祖母出殯那天，這人穿着白衫來送殯。因為她是個已出嫁過的女子——其實她那時已孀居一年多——照我們鄉例頭上纏着白頭帕。試想一個靜好如花的臉；一個長長窈窕的身材；一身的縞素借着人家傷痛的喪禮來哭她自己可憐的身世，怎不是一幅絕妙的圖畫！

嬸娘說起她時，却還不忘掉提到她的走路如何的有種特有丰神，哭時又如何的辛酸悽惋動人。我那時因爲過小，記不起送殯那天看到這素服美人，事後爲此不知惆悵了多少回。每當大家晚上閑坐談到這個人兒時，總害了我竭盡想像力，冥想到了夜深。

也許就是因爲關於她，我實在記得不太清楚，僅憑一家人時時的傳說，所以這個親戚美人之爲美人，也從未曾在我心裏疑問過。過了一些年月，積漸的，我沒有小時候那般理想，事事都有一把懷疑，沙似的挾在裏面。我總愛說：絕代佳人，世界上不時總應該有一兩個，但是我自已親眼却沒有看見過就是了。這句話直到我遇見了鍾綠之後才算是取消了，換了一句：我覺得僥幸，一生中沒有疑問的，眞正的，見到一個美人。

我到美國××城進入口口大學時，鍾綠已是離開那學校的舊學生，不過在校裏不到一個月的工夫，我就常聽到鍾綠這名字，老學生中間，每一提到校裏舊事，總要聯想到她。無疑的，她是他們中間最受崇拜的人物。

關於鍾綠的體面和她的爲人及家世，也有不少的神話。一個同學告訴我，鍾綠家裏本來如何的富有，又一個告訴我，她的父親是個如何漂亮的軍官，那一年死去的；又一個告訴我，鍾綠多麼好看，癖氣又如何和人家不同。因爲着戀愛，又有人告訴我，她和母親決絕了，自已獨立出來艱苦的半工半讀，多處流落，却總是那麼傲慢瀟灑，穿著得那麼漂亮動人。有人還說鍾綠母親是希臘人，是個音樂家，也長得非常好看，她常住在法國及意大利，所以鍾綠能通好幾國文字。常常的，更有人和我講了爲着戀愛鍾綠幾乎到發狂的許多青年的故事。總而言之，關於鍾綠的事我實在聽得多了，不過當時我聽着也只覺到平常，並不十分起勁。

故事中僅有兩樁我却記得非常清楚，深入印像，此後不自覺的便對於鍾綠動了好奇心。

一樁是同系中最纓緻的女同學講的。她說那一年學校開個盛大藝術的古裝表演，中間要用八個女子穿中世紀的尼姑服裝。她是監製部的總管，每件衣裳由圖案部發出，全由她找人比着裁剪，做好後再找人試服。有一晚，她出去晚飯回來稍遲，到了製衣室門口遇見一個製衣部裏人告訴她說，許多衣裳做好正找人試着時，可巧電燈壞了，大家正在到處找來洋臘點上。

『你猜，』她接着說：『我推開門時看到了什麼？……』

她喘口氣望着大家笑，（聽故事的人那時已不止我一個，）『你想，你想一間屋子裏，高高低低的點了好幾根臘燭，各處射着影子；當中一張桌子上面，默默的，立着那麼一個鍾綠——美到令人不敢相信的中世紀小尼姑，眼微微的垂下，手中高高擎起一支點亮的長燭。簡單靜穆，直像一張宗教畫！拉着門環，我半天肅然，說不出一句話來！……等到人家笑聲震醒我時，我已經記下這個一輩子忘不了的印像。』

自從聽了這樁故事之後，鍾綠在我心裏便也開始有了根據，每次再聽到鍾綠的名字時，我腦子裏便浮起一張圖畫。隱隱約約的，看到那個古代年輕的尼姑，微微的垂下眼，擎着一支臘走過。

第二次，我又得到一個對鍾綠依稀想像的背影，是由於一個男同學講的故事裏來的。這個臉色清癯的同

無聊

叔華

『天像是給人鬥氣，下了七八天雨還沒够，一清早又是一個「大黑臉」瞧吧，還要下呢！』如璧起床時便很生氣的自己咕噥道。

院子裏倒還好，桃李花落完了枝子上却長了青翠的葉子；祇是房子裏到處都有一股又潮又霉的土腥味兒。隨你摸到什麼，都是膩滋滋的。食物橱裏裝在瓶罐裏的東西上面都似乎變了色附着一層霉。『放在顯微鏡下，管保你不看出多少花鳥虫魚呢！』如璧一邊想着早上對義生說的話，一邊不耐煩的把橱門大敞開，把有些發霉的東西都倒出來，瓶子摔過一邊，指着向張媽道『你拿出去吧，不要了。』

張媽是如璧家用了十來年的老僕人，她常常不自覺的把主人的家當看作自己的，聞言正色答道，『幹嗎擲呢，擲了又要花錢買。等好天晒一晒吧。買來的還不是一樣發過霉的。你沒有瞧見，他們鋪子裏冬菇哪，蝦米哪，那一樣不發過一點霉，賣給你的時候，拿出來收拾收拾就是好好的東西』她說着就把桌上的東西一樣一樣檢起裝回瓶子罐子裏，連正眼都不瞟如璧一下，這擲的像是她的東西。

如璧怏怏的走過一邊，沒有話說，對窗立着。天還是嗒喪樣兒看那重重疊纍的烏雲，像是永遠不會有晴天頭都畫一些什麼，……你閉上眼睛，喘口氣，讓我告訴你！牆上的花紙，好朋友！你能相信麼？一束一束的粉紅玫瑰花由我們手中散下來，整朶的，半朶的——因爲有人開了工廠專爲製造這種的美麗！……

『不，不，爲什麼我要臉紅？現在我們都是工業戰爭的鬥士——（多美麗的戰爭！）——並且你知道，各人有各人不同的報酬；花紙廠的主人今年新買了兩個別墅，我們前夜把晚飯減掉一點居然去聽音樂了，多謝那一束一束的玫瑰花！……』

幽默的，幽默的她寫下去那樣頑皮的牢騷。又一封：

『……好了，這已經是秋天，謝謝上帝，人工的玫瑰也會凋零的。這回任何一束什麼花，我也決意不再製造了，那種逼迫人家眼睛墮落的差事需要我所沒有的勇敢，我失敗了，不知道在心裏那一部分也受點傷。……

『我到鄉村裏來了，這回是散佈智識給村裏樸實的人！××書局派我來攬買賣兒童的書，常識大全，我簡直帶着「智識」的樣本到處走。那可愛的老太太却問我要最新烹調的書，工作到很瘦的婦人要城市生活的小說看，——你知道那種穿着晚服去戀愛的城市浪漫！

『我夜裏總找回一些矛盾的微笑回到屋裏。鄉間的老太太都是理想的母親，我生平沒有吃過更多的牛奶，睡過更軟的鴨絨被，原來手裏提着鋤頭的農人，都是這樣母親的溫柔給培養出來的力量。我愛他們那簡單的情緒和生活，好像日和夜，太陽和影子，農作和食睡，夫和婦，兒子和母親，幸福和辛苦都那樣均勻的放在天秤的兩頭。……

『這農村的嫵媚，溪流樹蔭全合了我的意，你更想不到我屋後有個什麼寶貝？一口井，老老實實舊式的一口井，早晚我都出去替老太太打水。眞的，這樣才是日子，雖然山邊沒有橄欖樹，晚上也缺個織布的機杼，不然什麼都回到我理想的已往裏去。……

『到井邊去汲水，你懂得那滋味麼？天呀，我的衣裙讓風吹得鬆散，紅葉在我頭上飛旋，這是秋天，不瞎說，我到井邊去汲水去。回來時你看着我把水罐子抗在肩上回來！』

看完信，我心裏又來了一個古典的鍾綠。

約略是三月的時候，我的朋友手裏拿本書，到我棹邊來，問我看過沒有這本新出版的書，我由抽屜中也扯出一本叫他看。他笑了，說：你知道這這個作者就是鍾綠的情人。

我高興的謝了他，我說『現在我可明白了』我又翻出書中幾行給他看，他看了一遍，放下書默誦了一回，說：

『他是對的，他是對的，這個人實在很可愛，他們完全是了解的。』

此後又過了半個月光景，天氣漸漸的暖起來，我晚上在屋子裏讀書，老是開着窗子，窗前一片草地，隔着對面遠處城市的燈光車馬、有個晚生，很夜深了，我覺到冷，剛剛把窗子關上，却聽到窗外有人叫我，接着有人拿沙